彷徨

PANG HUANG

鲁迅 著

中国商业出版社

图书在版编目（CIP）数据

鲁迅小说集. 彷徨 / 鲁迅著. --北京：中国商业出版社，2018.3（2021.8重印）

ISBN 978-7-5208-0229-1

Ⅰ. ①鲁… Ⅱ. ①鲁… Ⅲ. ①鲁迅小说－小说集 Ⅳ. ①I210.6

中国版本图书馆CIP数据核字（2018）第019478号

责任编辑：姜丽君

中国商业出版社出版发行

（100053 北京广安门内报国寺1号）

010-63180647　www.c-cbook.com

新华书店经销

三河市天润建兴印务有限公司印刷

＊ ＊ ＊ ＊

880 毫米 × 1230 毫米　32 开　7 印张　200 千字

2018 年 6 月第 1 版　2021 年 8 月第 2 次印刷

定价：45.00 元

＊ ＊ ＊ ＊

（如果印装质量问题可更换）

目　录

contents

彷　徨

集外集 / 选编

彷徨

朝发轫于苍梧兮，夕余至乎县圃；
欲少留此灵琐兮，日忽忽其将暮。

吾令羲和弭节兮，望崦嵫而勿迫；
路漫漫其修远兮，吾将上下而求索。

屈原《离骚》

在酒楼上

我从北地向东南旅行，绕道访了我的家乡，就到S城。这城离我的故乡不过三十里，坐了小船，小半天可到，我曾在这里的学校里当过一年的教员。深冬雪后，风景凄清，懒散和怀旧的心绪联结起来，我竟暂寓在S城的洛思旅馆里了；这旅馆是先前所没有的。城圈本不大，寻访了几个以为可以会见的旧同事，一个也不在，早不知散到那里去了；经过学校的门口，也改换了名称和模样，于我很生疏。不到两个时辰，我的意兴早已索然，颇悔此来为多事了。

我所住的旅馆是租房不卖饭的，饭菜必须另外叫来，但又无味，入口如嚼泥土。窗外只有渍痕斑驳的墙壁，贴着枯死的莓苔；上面是铅色的天，白皑皑的绝无精采，而且微雪又飞舞起来了。我午餐本没有饱，又没有可以消遣的事情，便很自然的想到先前有一家很熟识的小酒楼，叫一石居的，算来离旅馆并不远。我于是立即锁了房门，出街向那酒楼去。其实也无非想姑且逃避客中的无聊，并不专为买醉。一石居是在的，狭小阴湿的店面和破旧的招牌都依旧；但从掌柜以至堂倌却已没有一个熟人，我在这一石居中也完全成了生客。然而我终于跨上那走熟的屋角的扶梯去了，由此径到小楼上。上面也依然是五张小板桌；独有原是木棂的后窗却换嵌了玻璃。

“一斤绍酒。——菜？十个油豆腐，辣酱要多！”

我一面说给跟我上来的堂倌听，一面向后窗走，就在靠窗的一张桌旁坐下了。楼上“空空如也”，任我拣得最好的坐位：可以眺望楼下的废园。这园大概是不属于酒家的，我先前也曾眺望过许多回，有时也在雪天里。但现在从惯于北方的眼睛看来，却很值得惊异了：几株老梅竟斗雪开着满树的繁花，仿佛毫不以深冬为意；倒塌的亭子边还有一株山茶树，从暗绿的密叶里显出十几朵红花来，赫赫的在雪中明得如火，愤怒而且傲慢，如蔑视游人的甘心于远行。我这时又忽地想到这里积雪的滋润，著物不去，晶莹有光，不比朔雪的粉一般干，大风一吹，便飞得满空如烟雾。……

“客人，酒。……”

堂倌懒懒的说着，放下杯，筷，酒壶和碗碟，酒到了。我转脸向了板桌，排好器具，斟出酒来。觉得北方固不是我的旧乡，但南来又只能算一个客子，无论那边的干雪怎样纷飞，这里的柔雪又怎样的依恋，于我都没有什么关系了。我略带些哀愁，然而很舒服的呷一口酒。酒味很纯正，油豆腐也煮得十分好；可惜辣酱太淡薄，本来S城人是不懂得吃辣的。

大概是因为正在下午的缘故罢，这虽说是酒楼，却毫无酒楼气，我已经喝下三杯酒去了，而我以外还是四张空板桌。我看着废园，渐渐的感到孤独，但又不愿有别的酒客上来。偶然听得楼梯上脚步响，便不由的有些懊恼，待到看见是堂倌，才又安心了，这样的又喝了两杯酒。

我想，这回定是酒客了，因为听得那脚步声比堂倌的要缓得多。约略料他走完了楼梯的时候，我便害怕似的抬头去看这无干的同伴，同时也就吃惊的站起来。我竟不料在这里意外的遇见朋友了，——假如他现在还许我称他为朋友。那上来的分明是我的旧同窗，也是做教员时代的旧同事，面貌虽然颇有些改变，但一见也就认识，独有行动却变得格外迂缓，很不像当年敏捷精悍的吕纬甫了。

“阿，——纬甫，是你么？我万想不到会在这里遇见你。”

“阿阿，是你？我也万想不到……”

我就邀他同坐，但他似乎略略踌躇之后，方才坐下来。我起先很以为奇，接着便有些悲伤，而且不快了。细看他相貌，也还是乱蓬蓬的须发；苍白的长方脸，然而衰瘦了。精神很沉静，或者却是颓唐；又浓又黑的眉毛底下的眼睛也失了精采，但当他缓缓的四顾的时候，却对废园忽地闪出我在学校时代常常看见的射人的光来。

“我们，”我高兴的，然而颇不自然的说，“我们这一别，怕有十年了罢。我早知道你在济南，可是实在懒得太难，终于没有写一封信。……”

“彼此都一样。可是现在我在太原了，已经两年多，和我的母亲。我回来接她的时候，知道你早搬走了，搬得很干净。”

“你在太原做什么呢？”我问。

“教书，在一个同乡的家里。”

“这以前呢？”

“这以前么？”他从衣袋里掏出一支烟卷来，点了火衔在嘴里，看着喷出的烟雾，沉思似的说，“无非做了些无聊的事情，等于什么也没有做。”

他也问我别后的景况；我一面告诉他一个大概，一面叫堂倌先取杯筷来，使他先喝着我的酒，然后再去添二斤。其间还点菜，我们先前原是毫不客气的，但此刻却推让起来了，终于说不清哪一样是谁点的，就从堂倌的口头报告上指定了四样菜：茴香豆，冻肉，油豆腐，青鱼干。

“我一回来，就想到我可笑。”他一手擎着烟卷，一只手扶着酒杯，似笑非笑的向我说。“我在少年时，看见蜂子或蝇子停在一个地方，给什么来一吓，即刻飞去了，但是飞了一个小圈子，便又回来停在原地点，便以为这实在很可笑，也可怜。可不料现在我自己也飞回来了，不过绕了一点小圈子。又不料你也回来了。你不能飞得更远些么？”

“这难说，大约也不外乎绕点小圈子罢。”我也似笑非笑的说。“但是你为什么飞回来的呢？”

“也还是为了无聊的事。”他一口喝干了一杯酒，吸几口烟，眼睛略为张大了。“无聊的。——但是我们就谈谈罢。”

堂倌搬上新添的酒菜来，排满了一桌，楼上又添了烟气和油豆腐的热气，仿佛热闹起来了；楼外的雪也越加纷纷的下。

“你也许本来知道，”他接着说，“我曾经有一个小兄弟，是三岁上死掉的，就葬在这乡下。我连他的模样都记不清楚了，但听母亲说，是一个很可爱念的孩子，和我也很相投，至今她提起来还似乎要下泪。今年春天，一个堂兄就来了一封信，说他的坟边已经渐渐的浸了水，不久怕要陷入河里去了，须得赶紧去设法。母亲一知道就很着急，几乎几夜睡不着，——她又自己能看信的。然而我能有什么法子呢？没有钱，没有工夫：当时什么法也没有。”

“一直挨到现在，趁着年假的闲空，我才得回南给他来迁葬。”他又喝干一杯酒，看着窗外，说，“这在那边那里能如此呢？积雪里会有花，雪地下会不冻。就在前天，我在城里买了一口小棺材，——因为我豫料那地下的应该早已朽烂了，——带着棉絮和被褥，雇了四个土工，下乡迁葬去。我当时忽而很高兴，愿意掘一回坟，愿意一见我那曾经和我很亲睦的小兄弟的骨殖：这些事我生平都没有经历过。到得坟地，果然，河水只是咬进来，离坟已不到二尺远。可怜的坟，两年没有培土，也平下去了。我站在雪中，决然的指着他对土工说，‘掘开来！’我实在是一个庸人，我这时觉得我的声音有些希奇，这命令也是一个在我一生中最为伟大的命令。但土工们却毫不骇怪，就动手掘下去了。待到掘着圹穴，我便过去看，果然，棺木已经快要烂尽了，只剩下一堆木丝和小木片。我的心颤动着，自去拨开这些，很小心的，要看一看我的小兄弟。然而出乎意外！被褥，衣服，骨骼，什么也没有。我想，这些都消尽了，向来听说最难烂的是头发，也许还有罢。我便伏下去，在该是枕头所在的泥土里仔仔细细的看，也没有。踪影全无！”

我忽而看见他眼圈微红了，但立即知道是有了酒意。他总不很吃菜，单是把酒不停的喝，早喝了一斤多，神情和举动都活泼起来，渐近于先前所见的吕纬甫了。我叫堂倌再添二斤酒，然后回转身，也拿着酒杯，正对面默默的听着。

“其实，这本已可以不必再迁，只要平了土，卖掉棺材，就此完事了的。我去卖棺材虽然有些离奇，但只要价钱极便宜，原铺子就许要，至少总可以捞回几文酒钱来。但我不这样，我仍然铺好被褥，用棉花裹了些他先前身体所在的地方的泥土，包起来，装在新棺材里，运到我父亲埋着的坟地上，在他坟旁埋掉了。因为外面用砖墩，昨天又忙了我大半天：监工。但这样总算完结了一件事，足够去骗骗我的母亲，使她安心些。——阿阿，你这样的看我，你怪我何以和先前太不相同了么？是的，我也还记得我们同到城隍庙里去拔掉神像的胡子的时候，连日议论些改革中国的方法以至于打起来的时候。但我现在就是这样了，敷敷衍衍，模模胡胡。我有时自已也想到，倘若先前的朋友看见我，怕会不认我做朋友了。——然而我现在就是这样。”

他又掏出一支烟卷来，衔在嘴里，点了火。

“看你的神情，你似乎还有些期望我，——我现在自然麻木得多了，但是有些事也还看得出。这使我很感激，然而也使我很不安：怕我终于辜负了至今还对我怀着好意的老朋友。……”他忽而停住了，吸几口烟，才又慢慢的说，“正在今天，刚在我到这一石居来之前，也就做了一件无聊事，然而也是我自已愿意做的。我先前的东边的邻居叫长富，是一个船户。他有一个女儿叫阿顺，你那时到我家里来，也许见过的，但你一定没有留心，因为那时她还小。后来她也长得并不好看，不过是平常的瘦瘦的瓜子脸，黄脸皮；独有眼睛非常大，睫毛也很长，眼白又青得如夜的晴天，而且是北方的无风的晴天，这里的就没有那么明净了。她很能干，十多岁没了母亲，招呼两个小弟妹都靠她，又得服侍父亲，事事都周到；也经济，家计倒渐渐的稳当起来了。邻居几乎没有一个不夸奖她，连长富也时常说些感激的话。这一次我动身回来的时候，我的母亲又记得她了，老年人记性真长久。她说她曾经知道顺姑因为看见谁的头上戴着红的剪绒花，自己也想有一朵，弄不到，哭了，哭了小半夜，就挨了她父亲的一顿打，后来眼眶还红肿了两三天。这种剪绒花是外省的东西，S城里尚且买不出，她哪里想得到手呢？趁我这一次回南的便，便叫我买两朵去送她。

“我对于这差使倒并不以为烦厌，反而很喜欢；为阿顺，我实在还有些愿意出力的意思的。前年，我回来接我母亲的时候，有一天，长富正在家，不知怎的我和他闲谈起来了。他便要请我吃点心，荞麦粉，并且告诉我所加的是白糖。你想，家里能有白糖的船户，可见决不是一个穷船户了，所以他也吃得很阔绰。我被劝不过，答应了，但要求只要用小碗。他也很识世故，便嘱咐阿顺说，‘他们文人，是不会吃东西的。你就用小碗，多加糖！’然而等到调好端来的时候，仍然使我吃一吓，是一大碗，足够我吃一天。但是和长富吃的一碗比起来，我的也确乎算小碗。我生平没有吃过荞麦粉，这回一尝，实在不可口，却是非常甜。我漫然的吃了几口，就想不吃了，然而无意中，忽然间看见阿顺远远的站在屋角里，就使我立刻消失了放下碗筷的勇气。我看她的神情，是害怕而且希望，大约怕自己调得不好，愿我们吃得有味。我知道如果剩下大半碗来，一定要使她很失望，而且很抱歉。我于是同时决心，放开喉咙灌下去了，几乎吃得和长富一样快。我由此才知道硬吃的苦痛，我只记得还做孩子时候的吃尽一碗拌着驱除蛔虫药粉的沙糖才有这样难。然而我毫不抱怨，因为她过来收拾空碗时候的忍着的得意的笑容，已尽够赔偿我的苦痛而有余了。所以我这一夜虽然饱胀得睡不稳，又做了一大串恶梦，也还是祝赞她一生幸福，愿世界为她变好。然而这些意思也不过是我的那些旧日的梦的痕迹，即刻就自笑，接着也就忘却了。

“我先前并不知道她曾经为了一朵剪绒花挨打，但因为母亲一说起，便也记得了荞麦粉的事，意外的勤快起来了。我先在太原城里搜求了一遍，都没有；一直到济南……”

窗外沙沙的一阵声响，许多积雪从被他压弯了的一枝山茶树上滑下去了，树枝笔挺的伸直，更显出乌油油的肥叶和血红的花来。天空的铅色来得更浓；小鸟雀啾唧的叫着，大概黄昏将近，地面又全罩了雪，寻不出什么食粮，都赶早回巢来休息了。

“一直到了济南，”他向窗外看了一回，转身喝干一杯酒，又吸几口烟，接着说。“我才买到剪绒花。我也不知道使她挨打的是不是这一种，总之是绒做的罢了。我也不知道她喜欢深色还是浅色，就买了一朵大红的，一朵粉红的，都带到这里来。”

“就是今天午后，我一吃完饭，便去看长富，我为此特地耽搁了一天。他的家倒还在，只是看去很有些晦气色了，但这恐怕不过是我自己的感觉。他的儿子和第二个女儿——阿昭，都站在门口，大了。阿昭长得全不像她姊姊，简直像一个鬼，但是看见我走向她家，便飞奔的逃进屋里去。我就问那小子，知道长富不在家。‘你的大姊呢？’他立刻瞪起眼睛，连声问我寻她什么事，而且恶狠狠的似乎就要扑过来，咬我。我支吾着退走了，我现在是敷敷衍衍……”

“你不知道，我可是比先前更怕去访人了。因为我已经深知道自己之讨厌，连自己也讨厌，又何必明知故犯的去使人暗暗地不快呢？然而这回的差使是不能不办妥的，所以想了一想，终于回到就在斜对门的柴店里。店主的母亲，老发奶奶，倒也还在，而且也还认识我，居然将我邀进店里坐去了。我们寒暄几句之后，我就说明了回到S城和寻长富的缘故。不料她叹息说：‘可惜顺姑没有福气戴这剪绒花了。’”

“她于是详细的告诉我，说是‘大约从去年春天以来，她就见得黄瘦，后来忽而常常下泪了，问她缘故又不说；有时还整夜的哭，哭得长富也忍不住生气，骂她年纪大了，发了疯。可是一到秋初，起先不过小伤风，终于躺倒了，从此就起不来。直到咽气的前几天，才肯对长富说，她早就像她母亲一样，不时的吐红和流夜汗。但是瞒着，怕他因此要担心。有一夜，她的伯伯长庚又来硬借钱，——这是常有的事，——她不给，长庚就冷笑着说：你不要骄气，你的男人比我还不如！她从此就发了愁，又怕羞，不好问，只好哭。长富赶紧将她的男人怎样的挣气的话说给她听，那里还来得及？况且她也不信，反而说：好在我已经这样，什么也不要紧了。’”

“她还说，‘如果她的男人真比长庚不如，那就真可怕呵！比不上一个偷鸡贼，那是什么东西呢？然而他来送殓的时候，我是亲眼看见他的，衣服很干净，人也体面；还眼泪汪汪的说，自己撑了半世小船，苦熬苦省的积起钱来聘了一个女人，偏偏又死掉了。可见他实在是一个好人，长庚说的全是诳。只可惜顺姑竟会相信那样的贼骨头的诳话，白送了性命。但这也不能去怪谁，只能怪顺姑自己没有这一份好福气。’”

“那倒也罢，我的事情又完了。但是带在身边的两朵剪绒花怎么办呢？好，我就托她送了阿昭。这阿昭一见我就飞跑，大约将我当作一只狼或是什么，我实在不愿意去送她。——但是我也就送她了，对母亲只要说阿顺见了喜欢的了不得就是。这些无聊的事算什么？只要模模胡胡。模模胡胡的过了新年，仍旧教我的‘子曰诗云’去。”

“你教的是‘子曰诗云’么？”我觉得奇异，便问。

“自然。你还以为教的是ABCD么？我先是两个学生，一个读《诗经》，一个读《孟子》。新近又添了一个，女的，读《女儿经》。连算学也不教，不是我不教，他们不要教。”

“我实在料不到你倒去教这类的书，……”

“他们的老子要他们读这些；我是别人，无乎不可的。这些无聊的事算什么？只要随随便便，……”

他满脸已经通红，似乎很有些醉，但眼光却又消沉下去了。我微微的叹息，一时没有话可说。楼梯上一阵乱响，拥上几个酒客来：当头的是矮子，拥肿的圆脸；第二个是长的，在脸上很惹眼的显出一个红鼻子；此后还有人，一叠连的走得小楼都发抖。我转眼去看吕纬甫，他也正转眼来看我，我就叫堂倌算酒账。

“你借此还可以支持生活么？”我一面准备走，一面问。

“是的。——我每月有二十元，也不大能够敷衍。”

“那么，你以后豫备怎么办呢？”

“以后？——我不知道。你看我们那时豫想的事可有一件如意？我现在什么也不知道，连明天怎样也不知道，连后一分……”

堂倌送上账来，交给我；他也不像初到时候的谦虚了，只向我看了一眼，便吸烟，听凭我付了账。

我们一同走出店门，他所住的旅馆和我的方向正相反，就在门口分别了。我独自向着自己的旅馆走，寒风和雪片扑在脸上，倒觉得很爽快。见天色已是黄昏，和屋宇和街道都织在密雪的纯白而不定的罗网里。

一九二四年二月一六日。

幸福的家庭

——拟许钦文

“……做不做全由自己的便；那作品，像太阳的光一样，从无量的光源中涌出来，不像石火，用铁和石敲出来，这才是真艺术。那作者，也才是真的艺术家。——而我，……这算是什么？……”他想到这里，忽然从床上跳起来了。以先他早已想过，须得捞几文稿费维持生活了；投稿的地方，先定为幸福月报社，因为润笔似乎比较的丰。但作品就须有范围，否则，恐怕要不收的。范围就范围，……现在的青年的脑里的大问题是？……大概很不少，或者有许多是恋爱，婚姻，家庭之类罢。……是的，他们确有许多人烦闷着，正在讨论这些事。那么，就来做家庭。然而怎么做做呢？……否则，恐怕要不收的，何必说些背时的话，然而……。他跳下卧床之后，四五步就走到书桌面前，坐下去，抽出一张绿格纸，毫不迟疑，但又自暴自弃似的写下一行题目道：《幸福的家庭》。

他的笔立刻停滞了；他仰了头，两眼瞪着房顶，正在安排那安置这“幸福的家庭”的地方。他想：“北京？不行，死气沉沉，连空气也是死的。假如在这家庭的周围筑一道高墙，难道空气也就隔断了么？简直不行！江苏浙江天天防要开仗；福建更无须说。四川，广东？都正在打。山东河南之类？——阿阿，要绑票的，倘使绑去一个，那就成为不幸的家庭了。上海天津的租界上房租贵；……假如在外国，笑话。云南贵州不知道怎样，但交通也太不便……。”他想来想去，想不出好地方，便要假定为A了，但又想，“现有不少的人是反对用西洋字母来代人地名的，说是要减少读者的兴味。我这回的投稿，似乎也不如不用，安全些。那么，在那里好呢？——湖南也打仗；大连仍然房租贵；察哈尔，吉林，黑龙江罢，——听说有马贼，也不行！……”他又想来想去，又想不出好地方，于是终于决心，假定这“幸福的家庭”所在的地方叫作A。

“总之，这幸福的家庭一定须在A，无可磋商。家庭中自然是两夫妇，就是主人和主妇，自由结婚的。他们订有四十多条条约，非常详细，所以非常平等，十分自由。而且受过高等教育，优美高尚……。东洋留学生已经不通行，——那么，假定为西洋留学生罢。主人始终穿洋服，硬领始终雪白；主妇是前头的头发始终烫得蓬蓬松松像一个麻雀窠，牙齿是始终雪白的露着，但衣服却是中国装，……”

“不行不行，那不行！二十五斤！”

他听得窗外一个男人的声音，不由的回过头去看，窗幔垂着，日光照着，明得眩目，他的眼睛昏花了；接着是小木片撒在地上的声响。“不相干，”他又回过头来想，“什么‘二十五斤’？——他们是优美高尚，很爱文艺的。但因为都从小生长在幸福里，所以不爱俄国的小说……。俄国小说多描写下等人，实在和这样的家庭也不合。‘二十五斤’？不管他。那么，他们看看什么书呢？——裴伦的诗？吉支的？不行，都不稳当。——哦，有了，他们都爱看《理想之良人》。我虽然没有见过这部书，但既然连大学教授也那么称赞他，想来他们也一定都爱看，你也看，我也看，——他们一人一本，这家庭里一共有两本，……”他觉得胃里有点空虚了，放下笔，用两只手支着头，教自己的头像地球仪似的在两个柱子间挂着。

“……他们两人正在用午餐，”他想，“桌上铺了雪白的布；厨子送上菜来，——中国菜。什么‘二十五斤’？不管他。为什么倒是中国菜？西洋人说，中国菜最进步，最好吃，最合于卫生：所以他们采用中国菜。送来的是第一碗，但这第一碗是什么呢？……”

“劈柴，……”

他吃惊的回过头去看，靠左肩，便立着他自己家里的主妇，两只阴凄凄的眼睛恰恰钉住他的脸。

“什么？”他以为她来搅扰了他的创作，颇有些愤怒了。

“劈柴，都用完了，今天买了些。前一回还是十斤两吊四，今天就要两吊六。我想给他两吊五，好不好？”

“好好，就是两吊五。”

“称得太吃亏了。他一定只肯算二十四斤半；我想就算他二十三斤半，好不好？”

“好好，就算他二十三斤半。”

“那么，五五二十五，三五一十五，……”

“唔唔，五五二十五，三五一十五，……”他也说不下去了，停了一会，忽而奋然的抓起笔来，就在写着一行“幸福的家庭”的绿格纸上起算草，起了好久，这才仰起头来说道：

“五吊八！”

“那是，我这里不够了，还差八九个……。”

他抽开书桌的抽屉，一把抓起所有的铜元，不下二三十，放在她摊开的手掌上，看她出了房，才又回过头来向书桌。他觉得头里面很胀满，似乎椏椏叉叉的全被木柴填满了，五五二十五，脑皮质上还印着许多散乱的亚剌伯数目字。他很深的吸一口气，又用力的呼出，仿佛要借此赶出脑里的劈柴，五五二十五和亚剌伯数字来。果然，吁气之后，心地也就轻松不少了，于是仍复恍恍忽忽的想——

“什么菜？菜倒不妨奇特点。滑溜里脊，虾子海参，实在太凡庸。我偏要说他们吃的是‘龙虎斗’。但‘龙虎斗’又是什么呢？有人说是蛇和猫，是广东的贵重菜，非大宴会不吃的。但我在江苏饭馆的菜单上就见过这名目，江苏人似乎不吃蛇和猫，恐怕就如谁所说，是蛙和鳝鱼了。现在假定这主人和主妇为那里人呢？——不管他。总而言之，无论那里人吃一碗蛇和猫或者蛙和鳝鱼，于幸福的家庭是决不会有损伤的。总之这第一碗一定是‘龙虎斗’，无可磋商。”

“于是一碗‘龙虎斗’摆在桌子中央了，他们两人同时捏起筷子，指着碗沿，笑迷迷的你看我，我看你……。”

“‘My dear，please.’”

“‘Please you eat first，my dear.’”

“‘Oh no，please you！’”

“于是他们同时伸下筷子去，同时夹出一块蛇肉来，——不不，蛇肉究竟太奇怪，还不如说是鳝鱼罢。那么，这碗‘龙虎斗’是蛙和鳝鱼所做的了。他们同时夹出一块鳝鱼来，一样大小，五五二十五，三五……不管他，同时放进嘴里去，……”他不能自制的只想回过头去看，因为他觉得背后很热闹，有人来来往往的走了两三回。但他还熬着，乱嘈嘈的接着想，“这似乎有点肉麻，那有这样的家庭？唉唉，我的思路怎么会这样乱，这好题目怕是做不完篇的了。——或者不必定用留学生，就在国内受了高等教育的也可以。他们都是大学毕业的，高尚优美，高尚……。男的是文学家；女的也是文学家，或者文学崇拜家。或者女的是诗人；男的是诗人崇拜者，女性尊重者。或者……”他终于忍耐不住，回过头去了。

就在他背后的书架的旁边，已经出现了一座白菜堆，下层三株，中层两株，顶上一株，向他叠成一个很大的A字。

“唉唉！”他吃惊的叹息，同时觉得脸上骤然发热了，脊梁上还有许多针轻轻的刺着。“吁……。”他很长的嘘一口气，先斥退了脊梁上的针，仍然想，“幸福的家庭的房子要宽绰。有一间堆积房，白菜之类都到那边去。主人的书房另一间，靠壁满排着书架，那旁边自然决没有什么白菜堆；架上满是中国书，外国书，《理想之良人》自然也在内，——一共有两部。卧室又一间；黄铜床，或者质朴点，第一监狱工场做的榆木床也就够，床底下很干净，……”他当即一瞥自己的床下，劈柴已经用完了，只有一条稻草绳，却还死蛇似的懒懒的躺着。

“二十三斤半，……”他觉得劈柴就要向床下“川流不息”的进来，头里面又有些桠桠叉叉了，便急忙起立，走向门口去想关门。

但两手刚触着门，却又觉得未免太暴躁了，就歇了手，只放下那积着许多灰尘的门幕。他一面想，这既无闭关自守之操切，也没有开放门户之不安：是很合于“中庸之道”的。

“……所以主人的书房门永远是关起来的。”他走回来，坐下，想，“有事要商量先敲门，得了许可才能进来，这办法实在对。现在假如主人坐在自己的书房里，主妇来谈文艺了，也就先敲门。——这可以放心，她必不至于捧着白菜的。”

“‘Come in，please，my dear.’”

“然而主人没有工夫谈文艺的时候怎么办呢？那么，不理她，听她站在外面老是剥剥的敲？这大约不行罢。或者《理想之良人》里面都写着，——那恐怕确是一部好小说，我如果有了稿费，也得去买他一部来看看……。”

拍！

他腰骨笔直了，因为他根据经验，知道这一声“拍”是主妇的手掌打在他们的三岁的女儿的头上的声音。

“幸福的家庭，……”他听到孩子的呜咽了，但还要腰骨笔直的想，“孩子是生得迟的，生得迟。或者不如没有，两个人干干净净。——或者不如住在客店里，什么都包给他们，一个人干干……”他听得呜咽声高了起来，也就站了起来，钻过门幕，想着，“马克思在儿女的啼哭声中还会做《资本论》，所以他是伟人，……”走出外间，开了风门，闻得一阵煤油气。孩子就躺倒在门的右边，脸向着地，一见他，便“哇”的哭出来了。

“阿阿，好好，莫哭莫哭，我的好孩子。”他弯下腰去抱她。

他抱了她回转身，看见门左边还站着主妇，也是腰骨笔直，然而两手插腰，怒气冲冲的似乎豫备开始练体操。

“连你也来欺侮我！不会帮忙，只会捣乱，——连油灯也要翻了他。晚上点什么？……”

“阿阿，好好，莫哭莫哭，”他把那些发抖的声音放在脑后，抱她进房，摩着她的头，说，“我的好孩子。”于是放下她，拖开椅子，坐下去，使她站在两膝的中间，擎起手来道，“莫哭了呵，好孩子。爹爹做‘猫洗脸’给你看。”他同时伸长颈子，伸出舌头，远远的对着手掌舔了两舔，就用这手掌向了自己的脸上画圆圈。

“呵呵呵，花儿。”她就笑起来了。

“是的是的，花儿。”他又连画上几个圆圈，这才歇了手，只见她还是笑迷迷的挂着眼泪对他看。他忽而觉得，她那可爱的天真的脸，正像五年前的她的母亲，通红的嘴唇尤其像，不过缩小了轮廓。那时也是晴朗的冬天，她听得他说决计反抗一切阻碍，为她牺牲的时候，也就这样笑迷迷的挂着眼泪对他看。他惘然的坐着，仿佛有些醉了。

“阿阿，可爱的嘴唇……”他想。

门幕忽然挂起。劈柴运进来了。

他也忽然惊醒，一定睛，只见孩子还是挂着眼泪，而且张开了通红的嘴唇对他看。“嘴唇……”他向旁边一瞥，劈柴正在进来，“……恐怕将来也就是五五二十五，九九八十一！……而且两只眼睛阴凄凄的……。”他想着，随即粗暴的抓起那写着一行题目和一堆算草的绿格纸来，揉了几揉，又展开来给她拭去了眼泪和鼻涕。“好孩子，自己玩去罢。”他一面推开她，说；一面就将纸团用力的掷在纸篓里。

但他又立刻觉得对于孩子有些抱歉了，重复回头，目送着她独自茕茕的出去；耳朵里听得木片声。他想要定一定神，便又回转头，闭了眼睛，息了杂念，平心静气的坐着。他看见眼前浮出一朵扁圆的乌花，橙黄心，从左眼的左角漂到右，消失了；接着一朵明绿花，墨绿色的心；接着一座六株的白菜堆，屹然的向他叠成一个很大的A字。

一九二四年二月一八日。

肥 皂

四铭太太正在斜日光中背着北窗和她八岁的女儿秀儿糊纸锭，忽听得又重又缓的布鞋底声响，知道四铭进来了，并不去看他，只是糊纸锭。但那布鞋底声却愈响愈逼近，觉得终于停在她的身边了，于是不免转过眼去看，只见四铭就在她面前耸肩曲背的狠命掏着布马挂底下的袍子的大襟后面的口袋。

他好容易曲曲折折的汇出手来，手里就有一个小小的长方包，葵绿色的，一径递给四太太。她刚接到手，就闻到一阵似橄榄非橄榄的说不清的香味，还看见葵绿色的纸包上有一个金光灿烂的印子和许多细簇簇的花纹。秀儿即刻跳过来要抢着看，四太太赶忙推开她。

“上了街？……”她一面看，一面问。

“唔唔。”他看着她手里的纸包，说。

于是这葵绿色的纸包被打开了，里面还有一层很薄的纸，也是葵绿色，揭开薄纸，才露出那东西的本身来，光滑坚致，也是葵绿色，上面还有细簇簇的花纹，而薄纸原来却是米色的，似橄榄非橄榄的说不清的香味也来得更浓了。

“唉唉，这实在是好肥皂。”她捧孩子似的将那葵绿色的东西送到鼻子下面去，嗅着说。

“唔唔，你以后就用这个……。”

她看见他嘴里这么说，眼光却射在她的脖子上，便觉得颧骨以下的脸上似乎有些热。她有时自己偶然摸到脖子上，尤其是耳朵后，指面上总感着些粗糙，本来早就知道是积年的老泥，但向来倒也并不很介意。现在在他的注视之下，对着这葵绿异香的洋肥皂，可不禁脸上有些发热了，而且这热又不绝的蔓延开去，即刻一径到耳根。她于是就决定晚饭后要用这肥皂来拚命的洗一洗。

“有些地方，本来单用皂荚子是洗不干净的。”她自对自的说。

“妈，这给我！”秀儿伸手来抢葵绿纸；在外面玩耍的小女儿招儿也跑到了。四太太赶忙推开她们，裹好薄纸，又照旧包上葵绿纸，欠过身去搁在洗脸台上最高的一层格子上，看一看，翻身仍然糊纸锭。

“学程！”四铭记起了一件事似的，忽而拖长了声音叫，就在她对面的一把高背椅子上坐下了。

“学程！”她也帮着叫。

她停下糊纸锭，侧耳一听，什么响应也没有，又见他仰着头焦急的等着，不禁很有些抱歉了，便尽力提高了喉咙，尖利的叫：

“绶儿呀！”

这一叫确乎有效，就听到皮鞋声橐橐的近来，不一会，绶儿已站在她面前了，只穿短衣，肥胖的圆脸上亮晶晶的流着油汗。

“你在做什么？怎么爹叫也不听见？”她谴责的说。

“我刚在练八卦拳……。”他立即转身向了四铭，笔挺的站着，看着他，意思是问他什么事。

“学程，我就要问你：‘恶毒妇’是什么？”

“‘恶毒妇’？……那是，‘很凶的女人’罢？……”

“胡说！胡闹！”四铭忽而怒得可观。“我是‘女人’么！？”

学程吓得倒退了两步，站得更挺了。他虽然有时觉得他走路很像上台的老生，却从没有将他当作女人看待，他知道自己答的很错了。

“‘恶毒妇’是‘很凶的女人’，我倒不懂，得来请教你？——这不是中国话，是鬼子话，我对你说。这是什么意思，你懂么？”

“我，……我不懂。”学程更加局促起来。

“吓，我白化钱送你进学堂，连这一点也不懂。亏煞你的学堂还夸什么‘口耳并重’，倒教得什么也没有。说这鬼话的人至多不过十四五岁，比你还小些呢，已经叽叽咕咕的能说了，你却连意思也说不出，还有这脸说‘我不懂’！——现在就给我去查出来！”

学程在喉咙底里答应了一声“是”，恭恭敬敬的退出去了。

“这真叫作不成样子，”过了一会，四铭又慷慨的说，“现在的学生是。其实，在光绪年间，我就是最提倡开学堂的，可万料不到学堂的流弊竟至于如此之大：什么解放咧，自由咧，没有实学，只会胡闹。学程呢，为他化了的钱也不少了，都白化。好容易给他进了中西折中的学堂，英文又专是‘口耳并重’的，你以为这该好了罢，哼，可是读了一年，连‘恶毒妇’也不懂，大约仍然是念死书。吓，什么学堂，造就了些什么？我简直说：应该统统关掉！”

“对咧，真不如统统关掉的好。”四太太糊着纸锭，同情的说。

“秀儿她们也不必进什么学堂了。‘女孩子，念什么书？’九公公先前这样说，反对女学的时候，我还攻击他呢；可是现在看起来，究竟是老年人的话对。你想，女人一阵一阵的在街上走，已经很不雅观的了，她们却还要剪头发。我最恨的就是那些剪了头发的女学生，我简直说，军人土匪倒还情有可原，搅乱天下的就是她们，应该很严的办一办……。”

“对咧，男人都像了和尚还不够，女人又来学尼姑了。”

“学程！”

学程正捧着一本小而且厚的金边书快步进来，便呈给四铭，指着一处说：

“这倒有点像。这个……。”

四铭接来看时，知道是字典，但文字非常小，又是横行的。他眉头一皱，擎向窗口，细着眼睛，就学程所指的一行念过去：

“‘第十八世纪创立之共济讲社之称’。——唔，不对。——这声音是怎么念的？”他指着前面的“鬼子”字，问。

“恶特拂罗斯（Oddfellows）。”

“不对，不对，不是这个。”四铭又忽而愤怒起来了。“我对你说：那是一句坏话，骂人的话，骂我这样的人的。懂了么？查去！”

学程看了他几眼，没有动。

“这是什么闷葫芦，没头没脑的？你也先得说说清，教他好用心的查去。”她看见学程为难，觉得可怜，便排解而且不满似的说。

“就是我在大街上广润祥买肥皂的时候，”四铭呼出了一口气，向她转过脸去，说。“店里又有三个学生在那里买东西。我呢，从他们看起来，自然也怕太噜苏一点了罢。我一气看了六七样，都要四角多，没有买；看一角一块的，又太坏，没有什么香。我想，不如中通的好，便挑定了那绿的一块，两角四分。伙计本来是势利鬼，眼睛生在额角上的，早就撅着狗嘴的了；可恨那学生这坏小子又都挤眉弄眼的说着鬼话笑。后来，我要打开来看一看才付钱：洋纸包着，怎么断得定货色的好坏呢。谁知道那势利鬼不但不依，还蛮不讲理，说了许多可恶的废话；坏小子们又附和着说笑。那一句是顶小的一个说的，而且眼睛看着我，他们就都笑起来了：可见一定是一句坏话。”他于是转脸对着学程道，“你只要在‘坏话类’里去查去！”

学程在喉咙底里答应了一声“是”，恭恭敬敬的退去了。

“他们还嚷什么‘新文化新文化’，‘化’到这样了，还不够？”他两眼钉着屋梁，尽自说下去。“学生也没有道德，社会上也没有道德，再不想点法子来挽救，中国这才真个要亡了。——你想，那多么可叹？……”

“什么？”她随口的问，并不惊奇。

“孝女。”他转眼对着她，郑重的说。“就在大街上，有两个讨饭的。一个是姑娘，看去该有十八九岁了。——其实这样的年纪，讨饭是很不相宜的了，可是她还讨饭。——和一个六七十岁的老的，白头发，眼睛是瞎的，坐在布店的檐下求乞。大家多说她是孝女，那老的是祖母。她只要讨得一点什么，便都献给祖母吃，自己情愿饿肚皮。可是这样的孝女，有人肯布施么？”他射出眼光来钉住她，似乎要试验她的识见。

她不答话，也只将眼光钉住他，似乎倒是专等他来说明。

“哼，没有。”他终于自己回答说。“我看了好半天，只见一个人给了一文小钱；其余的围了一大圈，倒反去打趣。还有两个光棍，竟肆无忌惮的说：‘阿发，你不要看得这货色脏。你只要去买两块肥皂来，咯支咯支遍身洗一洗，好得很哩！’哪，你想，这成什么话？”

“哼，”她低下头去了，久之，才又懒懒的问，“你给了钱么？”

“我么？——没有。一两个钱，是不好意思拿出去的。她不是平常的讨饭，总得……。”

“嗡。”她不等说完话，便慢慢地站起来，走到厨下去。昏黄只显得浓密，已经是晚饭时候了。

四铭也站起身，走出院子去。天色比屋子里还明亮，学程就在墙角落上练习八卦拳：这是他的“庭训”，利用昼夜之交的时间的经济法，学程奉行了将近大半年了。他赞许似的微微点一点头，便反背着两手在空院子里来回的踱方步。不多久，那惟一的盆景万年青的阔叶又已消失在昏暗中，破絮一般的白云间闪出星点，黑夜就从此开头。四铭当这时候，便也不由的感奋起来，仿佛就要大有所为，与周围的坏学生以及恶社会宣战。他意气渐渐勇猛，脚步愈跨愈大，布鞋底声也愈走愈响，吓得早已睡在笼子里的母鸡和小鸡也都唧唧足足的叫起来了。

堂前有了灯光，就是号召晚餐的烽火，合家的人们便都齐集在中央的桌子周围。灯在下横；上首是四铭一人居中，也是学程一般肥胖的圆脸，但多两撇细胡子，在菜汤的热气里，独据一面，很像庙里的财神。左横是四太太带着招儿；右横是学程和秀儿一列。碗筷声雨点似的响，虽然大家不言语，也就是很热闹的晚餐。

招儿带翻了饭碗了，菜汤流得小半桌。四铭尽量的睁大了细眼睛瞪着看得她要哭，这才收回眼光，伸筷自去夹那早先看中了的一个菜心去。可是菜心已经不见了，他左右一瞥，就发见学程刚刚夹着塞进他张得很大的嘴里去，他于是只好无聊的吃了一筷黄菜叶。

“学程，”他看着他的脸说，“那一句查出了没有？”

“那一句？——那还没有。”

“哼，你看，也没有学问，也不懂道理，单知道吃！学学那个孝女罢，做了乞丐，还是一味孝顺祖母，自己情愿饿肚子。但是你们这些学生那里知道这些，肆无忌惮，将来只好像那光棍……”

“想倒想着了一个，但不知可是。——我想，他们说的也许是‘阿尔特肤尔’。”

“哦哦，是的！就是这个！他们说的就是这样一个声音：‘恶毒夫咧。’这是什么意思？你也就是他们这一党：你知道的。”

“意思，——意思我不很明白。”

“胡说！瞒我。你们都是坏种！”

“‘天不打吃饭人’，你今天怎么尽闹脾气，连吃饭时候也是打鸡骂狗的。他们小孩子们知道什么。”四太太忽而说。

“什么？”四铭正想发话，但一回头，看见她陷下的两颊已经鼓起，而且很变了颜色，三角形的眼里也发着可怕的光，便赶紧改口说，“我也没有闹什么脾气，我不过教学程应该懂事些。”

“他那里懂得你心里的事呢。”她可是更气忿了。“他如果能懂事，早就点了灯笼火把，寻了那孝女来了。好在你已经给她买好了一块肥皂在这里，只要再去买一块……”

“胡说！那话是那光棍说的。”

“不见得。只要再去买一块，给她咯支咯支的遍身洗一洗，供起来，天下也就太平了。”

“什么话？那有什么相干？我因为记起了你没有肥皂……”

“怎么不相干？你是特诚买给孝女的，你咯支咯支的去洗去。我不配，我不要，我也不要沾孝女的光。”

“这真是什么话？你们女人……”四铭支吾着，脸上也像学程练了八卦拳之后似的流出油汗来，但大约大半也因为吃了太热的饭。

“我们女人怎么样？我们女人，比你们男人好得多。你们男人不是骂十八九岁的女学生，就是称赞十八九岁的女讨饭：都不是什么好心思。‘咯支咯支’，简直是不要脸！”

“我不是已经说过了？那是一个光棍……”

“四翁！”外面的暗中忽然起了极响的叫喊。

“道翁么？我就来！”四铭知道那是高声有名的何道统，便遇赦似的，也高兴的大声说。“学程，你快点灯照何老伯到书房去！”

学程点了烛，引着道统走进西边的厢房里，后面还跟着卜薇园。

“失迎失迎，对不起。”四铭还嚼着饭，出来拱一拱手，说。“就在舍间用便饭，何如？……”

“已经偏过了。”薇园迎上去，也拱一拱手，说。“我们连夜赶来，就为了那移风文社的第十八届征文题目，明天不是‘逢七’么？”

“哦！今天十六？”四铭恍然的说。

“你看，多么胡涂！”道统大嚷道。

“那么，就得连夜送到报馆去，要他明天一准登出来。”

“文题我已经拟下了。你看怎样，用得用不得？”道统说着，就从手巾包里挖出一张纸条来交给他。

四铭踱到烛台面前，展开纸条，一字一字的读下去：

“‘恭拟全国人民合词吁请贵大总统特颁明令专重圣经崇祀孟母以挽颓风而存国粹文’。——好极好极。可是字数太多了罢？”

“不要紧的！”道统大声说。“我算过了，还无须乎多加广告费。但是诗题呢？”

“诗题么？”四铭忽而恭敬之状可掬了。“我倒有一个在这里：孝女行。那是实事，应该表彰表彰她。我今天在大街上……”

“哦哦，那不行。”薇园连忙摇手，打断他的话。“那是我也看见的。她大概是‘外路人’，我不懂她的话，她也不懂我的话，不知道她究竟是那里人。大家倒都说她是孝女；然而我问她可能做诗，她摇摇头。要是能做诗，那就好了。”

“然而忠孝是大节，不会做诗也可以将就……。”

“那倒不然，而孰知不然！”薇园摊开手掌，向四铭连摇带推的奔过去，力争说。“要会做诗，然后有趣。”

“我们，”四铭推开他，“就用这个题目，加上说明，登报去。一来可以表彰表彰她；二来可以借此针砭社会。现在的社会还成什么样子，我从旁考察了好半天，竟不见有什么人给一个钱，这岂不是全无心肝……”

“阿呀，四翁！”薇园又奔过来，“你简直是在‘对着和尚骂贼秃’了。我就没有给钱，我那时恰恰身边没有带着。”

“不要多心，薇翁。”四铭又推开他，“你自然在外，又作别论。你听我讲下去：她们面前围了一大群人，毫无敬意，只是打趣。还有两个光棍，那是更其肆无忌惮了，有一个简直说，‘阿发，你去买两块肥皂来，咯支咯支遍身洗一洗，好得很哩。’你想，这……”

“哈哈哈！两块肥皂！”道统的响亮的笑声突然发作了，震得人耳朵嗡嗡的叫。“你买，哈哈，哈哈！”

“道翁，道翁，你不要这么嚷。”四铭吃了一惊，慌张的说。

“咯支咯支，哈哈！”

“道翁！”四铭沉下脸来了，“我们讲正经事，你怎么只胡闹，闹得人头昏。你听，我们就用这两个题目，即刻送到报馆去，要他明天一准登出来。这事只好偏劳你们两位了。”

“可以可以，那自然。”薇园极口应承说。

“呵呵，洗一洗，咯支……唏唏……”

“道翁！！！”四铭愤愤的叫。

道统给这一喝，不笑了。他们拟好了说明，薇园誊在信笺上，就和道统跑往报馆去。四铭拿着烛台，送出门口，回到堂屋的外面，心里就有些不安逸，但略一踌躇，也终于跨进门槛去了。他一进门，迎头就看见中央的方桌中间放着那肥皂的葵绿色的小小的长方包，包中央的金印子在灯光下明晃晃的发闪，周围还有细小的花纹。

秀儿和招儿都蹲在桌子下横的地上玩；学程坐在右横查字典。最后在离灯最远的阴影里的高背椅子上发见了四太太，灯光照处，见她死板板的脸上并不显出什么喜怒，眼睛也并不看着什么东西。

“咯支咯支，不要脸不要脸……”

四铭微微的听得秀儿在他背后说，回头看时，什么动作也没有了，只有招儿还用了她两只小手的指头在自己脸上抓。

他觉得存身不住，便熄了烛，踱出院子去。他来回的踱，一不小心，母鸡和小鸡又唧唧足足的叫了起来，他立即放轻脚步，并且走远些。经过许多时，堂屋里的灯移到卧室里去了。他看见一地月光，仿佛满铺了无缝的白纱，玉盘似的月亮现在白云间，看不出一点缺。

他很有些悲伤，似乎也像孝女一样，成了“无告之民”，孤苦零丁了。他这一夜睡得非常晚。

但到第二天的早晨，肥皂就被录用了。这日他比平日起得迟，看见她已经伏在洗脸台上擦脖子，肥皂的泡沫就如大螃蟹嘴上的水泡一般，高高的堆在两个耳朵后，比起先前用皂荚时候的只有一层极薄的白沫来，那高低真有霄壤之别了。从此之后，四太太的身上便总带着些似橄榄非橄榄的说不清的香味；几乎小半年，这才忽而换了样，凡有闻到的都说那可似乎是檀香。

一九二四年三月二二日。

长明灯

春阴的下午，吉光屯唯一的茶馆子里的空气又有些紧张了，人们的耳朵里，仿佛还留着一种微细沉实的声息——

“熄掉他罢！”

但当然并不是全屯的人们都如此。这屯上的居民是不大出行的，动一动就须查黄历，看那上面是否写着“不宜出行”；倘没有写，出去也须先走喜神方，迎吉利。不拘禁忌地坐在茶馆里的不过几个以豁达自居的青年人，但在蛰居人的意中却以为个个都是败家子。

现在也无非就是这茶馆里的空气有些紧张。

“还是这样么？”三角脸的拿起茶碗，问。

“听说，还是这样，”方头说，“还是尽说‘熄掉他熄掉他’。眼光也越加发闪了。见鬼！这是我们屯上的一个大害，你不要看得微细。我们倒应该想个法子来除掉他！”

“除掉他，算什么一回事。他不过是一个……。什么东西！造庙的时候，他的祖宗就捐过钱，现在他却要来吹熄长明灯。这不是不肖子孙？我们上县去，送他忤逆！”阔亭捏了拳头，在桌上一击，慷慨地说。一只斜盖着的茶碗盖子也噫的一声，翻了身。

“不成。要送忤逆，须是他的父母，母舅……”方头说。

“可惜他只有一个伯父……”阔亭立刻颓唐了。

“阔亭！”方头突然叫道。“你昨天的牌风可好？”

阔亭睁着眼看了他一会，没有便答；胖脸的庄七光已经放开喉咙嚷起来了：

“吹熄了灯，我们的吉光屯还成什么吉光屯，不就完了么？老年人不都说么：这灯还是梁武帝点起的，一直传下来，没有熄过；连长毛造反的时候也没有熄过……。你看，啧，那火光不是绿莹莹的么？外路人经过这里的都要看一看，都称赞……。啧，多么好……。他现在这么胡闹，什么意思？……”

“他不是发了疯么？你还没有知道？”方头带些藐视的神气说。

“哼，你聪明！”庄七光的脸上就走了油。

“我想：还不如用老法子骗他一骗，”灰五婶，本店的主人兼工人，本来是旁听着的，看见形势有些离了她专注的本题了，便赶忙来岔开纷争，拉到正经事上去。

“什么老法子？”庄七光诧异地问。

“他不是先就发过一回疯么，和现在一模一样。那时他的父亲还在，骗了他一骗，就治好了。”

“怎么骗？我怎么不知道？”庄七光更其诧异地问。

“你怎么会知道？那时你们都还是小把戏呢，单知道喝奶拉矢。便是我，那时也不这样。你看我那时的一双手呵，真是粉嫩粉嫩……”

“你现在也还是粉嫩粉嫩……”方头说。

“放你妈的屁！”灰五婶怒目地笑了起来，“莫胡说了。我们讲正经话。他那时也还年青哩；他的老子也就有些疯的。听说：有一天他的祖父带他进社庙去，教他拜社老爷，瘟将军，王灵官老爷，他就害怕了，硬不拜，跑了出来，从此便有些怪。后来就像现在一样，一见人总和他们商量吹熄正殿上的长明灯。他说熄了便再不会有蝗虫和病痛，真是像一件天大的正事似的。大约那是邪祟附了体，怕见正路神道了。要是我们，会怕见社老爷么？你们的茶不冷了么？对一点热水罢。好，他后来就自己闯进去，要去吹。他的老子又太疼爱他，不肯将他锁起来。呵，后来不是全屯动了公愤，和他老子去吵闹了么？可是，没有办法，——幸亏我家的死鬼那时还在，给想了一个法：将长明灯用厚棉被一围，漆漆黑黑地，领他去看，说是已经吹熄了。”

“唉唉，这真亏他想得出。”三角脸吐一口气，说，不胜感服之至似的。

“费什么这样的手脚，”阔亭愤愤地说，“这样的东西，打死了就完了，吓！”

“那怎么行？”她吃惊地看着他，连忙摇手道，“那怎么行！他的祖父不是捏过印靶子的么？”

阔亭们立刻面面相觑，觉得除了“死鬼”的妙法以外，也委实无法可想了。

“后来就好了的！”她又用手背抹去一些嘴角上的白沫，更快地说，“后来全好了的！他从此也就不再走进庙门去，也不再提起什么来，许多年。不知道怎么这回看了赛会之后不多几天，又疯了起来了。哦，同先前一模一样。午后他就走过这里，一定又上庙里去了。你们和四爷商量商量去，还是再骗他一骗好。那灯不是梁五弟点起来的么？不是说，那灯一灭，这里就要变海，我们就都要变泥鳅么？你们快去和四爷商量商量罢，要不……”

“我们还是先到庙前去看一看，”方头说着，便轩昂地出了门。

阔亭和庄七光也跟着出去了。三角脸走得最后，将到门口，回过头来说道：

“这回就记了我的账！入他……。”

灰五婶答应着，走到东墙下拾起一块木炭来，就在墙上画有一个小三角形和一串短短的细线的下面，划添了两条线。

他们望见社庙的时候，果然一并看到了几个人：一个正是他，两个是闲看的，三个是孩子。

但庙门却紧紧地关着。

“好！庙门还关着。”阔亭高兴地说。

他们一走近，孩子们似乎也都胆壮，围近去了。本来对了庙门立着的他，也转过脸来对他们看。

他也还如平常一样，黄的方脸和蓝布破大衫，只在浓眉底下的大而且长的眼睛中，略带些异样的光闪，看人就许多工夫不眨眼，并且总含着悲愤疑惧的神情。短的头发上粘着两片稻草叶，那该是孩子暗暗地从背后给他放上去的，因为他们向他头上一看之后，就都缩了颈子，笑着将舌头很快地一伸。

他们站定了，各人都互看着别个的脸。

"你干什么？"但三角脸终于走上一步，诘问了。

"我叫老黑开门，"他低声，温和地说。"就因为那一盏灯必须吹熄。你看，三头六臂的蓝脸，三只眼睛，长帽，半个的头，牛头和猪牙齿，都应该吹熄……吹熄。吹熄，我们就不会有蝗虫，不会有猪嘴瘟……。"

"唏唏，胡闹！"阔亭轻蔑地笑了出来，"你吹熄了灯，蝗虫会还要多，你就要生猪嘴瘟！"

"唏唏！"庄七光也陪着笑。

一个赤膊孩子擎起他玩弄着的苇子，对他瞄准着，将樱桃似的小口一张，道：

"吧！"

"你还是回去罢！倘不，你的伯伯会打断你的骨头！灯么，我替你吹。你过几天来看就知道。"阔亭大声说。

他两眼更发出闪闪的光来，钉一般看定阔亭的眼，使阔亭的眼光赶紧辟易了。

"你吹？"他嘲笑似的微笑，但接着就坚定地说，"不能！不要你们。我自己去熄，此刻去熄！"

阔亭便立刻颓唐得酒醒之后似的无力；方头却已站上去了，慢慢地说道：

"你是一向懂事的，这一回可是太胡涂了。让我来开导你罢，你也许能够明白。就是吹熄了灯，那些东西不是还在么？不要这么傻头傻脑了，还是回去！睡觉去！"

"我知道的，熄了也还在。"他忽又现出阴鸷的笑容，但是立即收敛了，沉实地说道，“然而我只能姑且这么办。我先来这么办，容易些。我就要吹熄他，自己熄！”他说着，一面就转过身去竭力地推庙门。

“喂！”阔亭生气了，“你不是这里的人么？你一定要我们大家变泥鳅么？回去！你推不开的，你没有法子开的！吹不熄的！还是回去好！”

“我不回去！我要吹熄他！”

“不成！你没法开！”

“…………”

“你没法开！”

“那么，就用别的法子来。”他转脸向他们一瞥，沉静地说。

“哼，看你有什么别的法。”

“…………”

“看你有什么别的法！”

“我放火。”

“什么？”阔亭疑心自己没有听清楚。

“我放火！”

沉默像一声清磬，摇曳着尾声，周围的活物都在其中凝结了。但不一会，就有几个人交头接耳，不一会，又都退了开去；两三人又在略远的地方站住了。庙后门的墙外就有庄七光的声音喊道：

“老黑呀，不对了！你庙门要关得紧！老黑呀，你听清了么？关得紧！我们去想了法子就来！”

但他似乎并不留心别的事，只闪烁着狂热的眼光，在地上，在空中，在人身上，迅速地搜查，仿佛想要寻火种。

方头和阔亭在几家的大门里穿梭一般出入了一通之后，吉光屯全局顿然扰动了。许多人们的耳朵里，心里，都有了一个可怕的声音：“放火！”但自然还有多少更深的蛰居人的耳朵里心里是全没有。然而全屯的空气也就紧张起来，凡有感得这紧张的人们，都很不安，仿佛自己就要变成泥鳅，天下从此毁灭。他们自然也隐约知道毁灭的不过是吉光屯，但也觉得吉光屯似乎就是天下。

这事件的中枢，不久就凑在四爷的客厅上了。坐在首座上的是年高德韶的郭老娃，脸上已经皱得如风干的香橙，还要用手捋着下颏上的白胡须，似乎想将他们拔下。

“上半天，”他放松了胡子，慢慢地说，“西头，老富的中风，他的儿子，就说是：因为，社神不安，之故。这样一来，将来，万一有，什么，鸡犬不宁，的事，就难免要到，府上……是的，都要来到府上，麻烦。”

“是么，”四爷也捋着上唇的花白的鲇鱼须，却悠悠然，仿佛全不在意模样，说，“这也是他父亲的报应呵。他自己在世的时候，不就是不相信菩萨么？我那时就和他不合，可是一点也奈何他不得。现在，叫我还有什么法？”

“我想，只有，一个。是的，有一个。明天，捆上城去，给他在那个，那个城隍庙里，搁一夜，是的，搁一夜，赶一赶，邪祟。”

阔亭和方头以守护全屯的劳绩，不但第一次走进这一个不易瞻仰的客厅，并且还坐在老娃之下和四爷之上，而且还有茶喝。他们跟着老娃进来，报告之后，就只是喝茶，喝干之后，也不开口，但此时阔亭忽然发表意见了：

“这办法太慢！他们两个还管着呢。最要紧的是马上怎么办。如果真是烧将起来……”

郭老娃吓了一跳，下巴有些发抖。

“如果真是烧将起来……”方头抢着说。

“那么，”阔亭大声道，“就糟了！”

一个黄头发的女孩子又来冲上茶。阔亭便不再说话，立即拿起茶来喝。浑身一抖，放下了，伸出舌尖来舐了一舐上嘴唇，揭去碗盖嘘嘘地吹着。

“真是拖累煞人！”四爷将手在桌上轻轻一拍，“这种子孙，真该死呵！唉！”

“的确，该死的。”阔亭抬起头来了，“去年，连各庄就打死一个：这种子孙。大家一口咬定，说是同时同刻，大家一齐动手，分不出打第一下的是谁，后来什么事也没有。”

“那又是一回事。”方头说，“这回，他们管着呢。我们得赶紧想法子。我想……”

老娃和四爷都肃然地看着他的脸。

“我想：倒不如姑且将他关起来。”

“那倒也是一个妥当的办法。”四爷微微地点一点头。

“妥当！”阔亭说。

“那倒，确是，一个妥当的，办法。”老娃说，“我们，现在，就将他，拖到府上来。府上，就赶快，收拾出，一间屋子来。还，准备着，锁。”

“屋子？”四爷仰了脸，想了一会，说，“舍间可是没有这样的闲房。他也说不定什么时候才会好……”

“就用，他，自己的……”老娃说。

“我家的六顺，”四爷忽然严肃而且悲哀地说，声音也有些发抖了。“秋天就要娶亲……你看，他年纪这么大了，单知道发疯，不肯成家立业。舍弟也做了一世人，虽然也不大安分，可是香火总归是绝不得的……”

“那自然！”三个人异口同音地说。

“六顺生了儿子，我想第二个就可以过继给他。但是，——别人的儿子，可以白要的么？”

“那不能！”三个人异口同音地说。

“这一间破屋，和我是不相干；六顺也不在乎此。可是，将亲生的孩子白白给人，做母亲的怕不能就这么松爽罢？”

“那自然！”三个人异口同音地说。

四爷沉默了。三个人交互看着别人的脸。

“我是天天盼望他好起来，”四爷在暂时静穆之后，这才缓缓地说，“可是他总不好。也不是不好，是他自己不要好。无法可想，就照这一位所说似的关起来，免得害人，出他父亲的丑，也许倒反好，倒是对得起他的父亲……。”

“那自然，”阔亭感动的说，“可是，房子……”

“庙里就没有闲房？……”四爷慢腾腾地问道。

“有！”阔亭恍然道，“有！进大门的西边那一间就空着，又只有一个小方窗，粗木直栅的，决计挖不开。好极了！”

老娃和方头也顿然都显了欢喜的神色；阔亭吐一口气，尖着嘴唇就喝茶。

未到黄昏时分，天下已经泰平，或者竟是全都忘却了，人们的脸上不特已不紧张，并且早褪尽了先前的喜悦的痕迹。在庙前，人们的足迹自然比平日多，但不久也就稀少了。只因为关了几天门，孩子们不能进去玩，便觉得这一天在院子里格外玩得有趣，吃过了晚饭，还有几个跑到庙里去游戏，猜谜。

“你猜。”一个最大的说，“我再说一遍：

白篷船，红划楫，
摇到对岸歇一歇，
点心吃一些，
戏文唱一出。”

“那是什么呢？‘红划楫’的。”一个女孩说。

“我说出来罢，那是……”

“慢一慢！”生癞头疮的说，“我猜着了：航船。”

“航船。”赤膊的也道。

“哈，航船？”最大的道，“航船是摇橹的。他会唱戏文么？

你们猜不着。我说出来罢……”

“慢一慢，”癞头疮还说。

“哼，你猜不着。我说出来罢，那是：鹅。”

“鹅！”女孩笑着说，“红划楫的。”

“怎么又是白篷船呢？”赤膊的问。

“我放火！”

孩子们都吃惊，立时记起他来，一齐注视西厢房，又看见一只手扳着木栅，一只手撕着木皮，其间有两只眼睛闪闪地发亮。

沉默只一瞬间，癞头疮忽而发一声喊，拔步就跑；其余的也都笑着嚷着跑出去了。赤膊的还将苇子向后一指，从喘吁吁的樱桃似的小嘴唇里吐出清脆的一声道：

“吧！”

从此完全静寂了，暮色下来，绿莹莹的长明灯更其分明地照出神殿，神龛，而且照到院子，照到木栅里的昏暗。

孩子们跑出庙外也就立定，牵着手，慢慢地向自己的家走去，都笑吟吟地，合唱着随口编派的歌：

“白篷船，对岸歇一歇。
此刻熄，自己熄。
戏文唱一出。
我放火！哈哈哈！
火火火，点心吃一些。
戏文唱一出。
…………
…………
…………”

一九二五年三月一日。

示众

首善之区的西城的一条马路上，这时候什么扰攘也没有。火焰焰的太阳虽然还未直照，但路上的沙土仿佛已是闪烁地生光；酷热满和在空气里面，到处发挥着盛夏的威力。许多狗都拖出舌头来，连树上的乌老鸦也张着嘴喘气，——但是，自然也有例外的。远处隐隐有两个铜盏相击的声音，使人忆起酸梅汤，依稀感到凉意，可是那懒懒的单调的金属音的间作，却使那寂静更其深远了。

只有脚步声，车夫默默地前奔，似乎想赶紧逃出头上的烈日。

“热的包子咧！刚出屉的……。”

十一二岁的胖孩子，细着眼睛，歪了嘴在路旁的店门前叫喊。声音已经嘶嗄了，还带些睡意，如给夏天的长日催眠。他旁边的破旧桌子上，就有二三十个馒头包子，毫无热气，冷冷地坐着。

“荷阿！馒头包子咧，热的……。”

像用力掷在墙上而反拨过来的皮球一般，他忽然飞在马路的那边了。在电杆旁，和他对面，正向着马路，其时也站定了两个人：一个是淡黄制服的挂刀的面黄肌瘦的巡警，手里牵着绳头，绳的那头就拴在别一个穿蓝布大衫上罩白背心的男人的臂膊上。这男人戴一顶新草帽，帽檐四面下垂，遮住了眼睛的一带。但胖孩子身体矮，仰起脸来看时，却正撞见这人的眼睛了。那眼睛也似乎正在看他的脑壳。他连忙顺下眼，去看白背心，只见背心上一行一行地写着些大大小小的什么字。

刹时间，也就围满了大半圈的看客。待到增加了秃头的老头子之后，空缺已经不多，而立刻又被一个赤膊的红鼻子胖大汉补满了。这胖子过于横阔，占了两人的地位，所以续到的便只能屈在第二层，从前面的两个脖子之间伸进脑袋去。

秃头站在白背心的略略正对面，弯了腰，去研究背心上的文字，终于读起来：

“嗡，都，哼，八，而，……”

胖孩子却看见那白背心正研究着这发亮的秃头，他也便跟着去研究，就只见满头光油油的，耳朵左近还有一片灰白色的头发，此外也不见得有怎样新奇。但是后面的一个抱着孩子的老妈子却想乘机挤进来了；秃头怕失了位置，连忙站直，文字虽然还未读完，然而无可奈何，只得另看白背心的脸：草帽檐下半个鼻子，一张嘴，尖下巴。

又像用了力掷在墙上而反拨过来的皮球一般，一个小学生飞奔上来，一手按住了自己头上的雪白的小布帽，向人丛中直钻进去。但他钻到第三——也许是第四——层，竟遇见一件不可动摇的伟大的东西了，抬头看时，蓝裤腰上面有一座赤条条的很阔的背脊，背脊上还有汗正在流下来。他知道无可措手，只得顺着裤腰右行，幸而在尽头发见了一条空处，透着光明。他刚刚低头要钻的时候，只听得一声“什么”，那裤腰以下的屁股向右一歪，空处立刻闭塞，光明也同时不见了。

但不多久，小学生却从巡警的刀旁边钻出来了。他诧异地四顾：外面围着一圈人，上首是穿白背心的，那对面是一个赤膊的胖小孩，胖小孩后面是一个赤膊的红鼻子胖大汉。他这时隐约悟出先前的伟大的障碍物的本体了，便惊奇而且佩服似的只望着红鼻子。胖小孩本是注视着小学生的脸的，于是也不禁依了他的眼光，回转头去了，在那里是一个很胖的奶子，奶头四近有几枝很长的毫毛。

“他，犯了什么事啦？……”

大家都愕然看时，是一个工人似的粗人，正在低声下气地请教那秃头老头子。

秃头不作声，单是睁起了眼睛看定他。他被看得顺下眼光去，过一会再看时，秃头还是睁起了眼睛看定他，而且别的人也似乎都睁了眼睛看定他。他于是仿佛自己就犯了罪似的局促起来，终至于慢慢退后，溜出去了。一个挟洋伞的长子就来补了缺；秃头也旋转脸去再看白背心。

长子弯了腰，要从垂下的草帽檐下去赏识白背心的脸，但不知道为什么忽又站直了。于是他背后的人们又须竭力伸长了脖子；有一个瘦子竟至于连嘴都张得很大，像一条死鲈鱼。

巡警，突然间，将脚一提，大家又愕然，赶紧都看他的脚；然而他又放稳了，于是又看白背心。长子忽又弯了腰，还要从垂下的草帽檐下去窥测，但即刻也就立直，擎起一只手来拚命搔头皮。

秃头不高兴了，因为他先觉得背后有些不太平，接着耳朵边就有唧咕唧咕的声响。他双眉一锁，回头看时，紧挨他右边，有一只黑手拿着半个大馒头正在塞进一个猫脸的人的嘴里去。他也就不说什么，自去看白背心的新草帽了。

忽然，就有暴雷似的一击，连横阔的胖大汉也不免向前一跄踉。同时，从他肩膊上伸出一只胖得不相上下的臂膊来，展开五指，拍的一声正打在胖孩子的脸颊上。

“好快活！你妈的……”同时，胖大汉后面就有一个弥勒佛似的更圆的胖脸这么说。

胖孩子也跄踉了四五步，但是没有倒，一手按着脸颊，旋转身，就想从胖大汉的腿旁的空隙间钻出去。胖大汉赶忙站稳，并且将屁股一歪，塞住了空隙，恨恨地问道：

“什么？”

胖孩子就像小鼠子落在捕机里似的，仓皇了一会，忽然向小学生那一面奔去，推开他，冲出去了。小学生也返身跟出去了。

“吓，这孩子……。”总有五六个人都这样说。

待到重归平静，胖大汉再看白背心的脸的时候，却见白背心正在仰面看他的胸脯；他慌忙低头也看自己的胸脯时，只见两乳之间的洼下的坑里有一片汗，他于是用手掌拂去了这些汗。

然而形势似乎总不甚太平了。抱着小孩的老妈子因为在骚扰时四顾，没有留意，头上梳着的喜鹊尾巴似的“苏州俏”便碰了站在旁边的车夫的鼻梁。车夫一推，却正推在孩子上；孩子就扭转身去，向着圈外，嚷着要回去了。老妈子先也略略一跄踉，但便即站定，旋转孩子来使他正对白背心，一手指点着，说道：

“阿，阿，看呀！多么好看哪！……”

空隙间忽而探进一个戴硬草帽的学生模样的头来，将一粒瓜子之类似的东西放在嘴里，下颚向上一磕，咬开，退出去了。这地方就补上了一个满头油汗而粘着灰土的椭圆脸。

挟洋伞的长子也已经生气，斜下了一边的肩膊，皱眉疾视着肩后的死鲈鱼。大约从这么大的大嘴里呼出来的热气，原也不易招架的，何况又在盛夏。秃头正仰视那电杆上钉着的红牌上的四个白字，仿佛很觉得有趣。胖大汉和巡警都斜了眼研究着老妈子的钩刀般的鞋尖。

“好！”

什么地方忽有几个人同声喝采。都知道该有什么事情起来了，一切头便全数回转去。连巡警和他牵着的犯人也都有些摇动了。

“刚出屉的包子咧！荷阿，热的……。”

路对面是胖孩子歪着头，磕睡似的长呼；路上是车夫们默默地前奔，似乎想赶紧逃出头上的烈日。大家都几乎失望了，幸而放出眼光去四处搜索，终于在相距十多家的路上，发见了一辆洋车停放着，一个车夫正在爬起来。

圆阵立刻散开，都错错落落地走过去。胖大汉走不到一半，就歇在路边的槐树下；长子比秃头和椭圆脸走得快，接近了。车上的坐客依然坐着，车夫已经完全爬起，但还在摩自己的膝髁。周围有五六个人笑嘻嘻地看他们。

“成么？”车夫要来拉车时，坐客便问。

他只点点头，拉了车就走；大家就惘惘然目送他。起先还知道那一辆是曾经跌倒的车，后来被别的车一混，知不清了。

马路上就很清闲，有几只狗伸出了舌头喘气；胖大汉就在槐阴下看那很快地一起一落的狗肚皮。

老妈子抱了孩子从屋檐阴下蹩过去了。胖孩子歪着头，挤细了眼睛，拖长声音，磕睡地叫喊——

“热的包子咧！荷阿！……刚出屉的……。”

一九二五年三月一八日。

高老夫子

这一天，从早晨到午后，他的工夫全费在照镜，看《中国历史教科书》和查《袁了凡纲鉴》里；真所谓“人生识字忧患始”，顿觉得对于世事很有些不平之意了。而且这不平之意，是他从来没有经验过的。

首先就想到往常的父母实在太不将儿女放在心里。他还在孩子的时候，最喜欢爬上桑树去偷桑椹吃，但他们全不管，有一回竟跌下树来磕破了头，又不给好好地医治，至今左边的眉棱上还带着一个永不消灭的尖劈形的瘢痕。他现在虽然格外留长头发，左右分开，又斜梳下来，可以勉强遮住了，但究竟还看见尖劈的尖，也算得一个缺点，万一给女学生发见，大概是免不了要看不起的。他放下镜子，怨愤地吁一口气。

其次，是《中国历史教科书》的编纂者竟太不为教员设想。他的书虽然和《了凡纲鉴》也有些相合，但大段又很不相同，若即若离，令人不知道讲起来应该怎样拉在一处。但待到他瞥着那夹在教科书里的一张纸条，却又怨起中途辞职的历史教员来了，因为那纸条上写的是：

“从第八章《东晋之兴亡》起。”

如果那人不将三国的事情讲完，他的豫备就决不至于这么困苦。他最熟悉的就是三国，例如桃园三结义，孔明借箭，三气周瑜，黄忠定军山斩夏侯渊以及其他种种，满肚子都是，一学期也许讲不完。到唐朝，则有秦琼卖马之类，便又较为擅长了，谁料偏偏是东晋。他又怨愤地吁一口气，再拉过《了凡纲鉴》来。

“唅，你怎么外面看看还不够，又要钻到里面去看了？”

一只手同时从他背后弯过来，一拨他的下巴。但他并不动，因为从声音和举动上，便知道是暗暗躄进来的打牌的老朋友黄三。他虽然是他的老朋友，一礼拜以前还一同打牌，看戏，喝酒，跟女人，但自从他在《大中日报》上发表了《论中华国民皆有整理国史之义务》这一篇脍炙人口的名文，接着又得了贤良女学校的聘书之后，就觉得这黄三一无所长，总有些下等相了。所以他并不回头，板着脸正正经经地回答道：

“不要胡说！我正在豫备功课……。”

“你不是亲口对老钵说的么：你要谋一个教员做，去看看女学生？”

“你不要相信老钵的狗屁！”

黄三就在他桌旁坐下，向桌面上一瞥，立刻在一面镜子和一堆乱书之间，发见了一个翻开着的大红纸的帖子。他一把抓来，瞪着眼睛一字一字地看下去：

今敦请
尔础高老夫子为本校历史教员每周授
课四小时每小时敬送修金大洋三角正
按时间计算此约
贤良女学校校长何万淑贞敛衽谨订
中华民国十三年夏历菊月吉旦　　立

“‘尔础高老夫子’？谁呢？你么？你改了名字了么？”黄三一看完，就性急地问。

但高老夫子只是高傲地一笑；他的确改了名字了。然而黄三只会打牌，到现在还没有留心新学问，新艺术。他既不知道有一个俄国大文豪高尔基，又怎么说得通这改名的深远的意义呢？所以他只是高傲地一笑，并不答复他。

“喂喂，老杆，你不要闹这些无聊的玩意儿了！”黄三放下聘书，说。“我们这里有了一个男学堂，风气已经闹得够坏了；他们还要开什么女学堂，将来真不知道要闹成什么样子才罢。你何苦也去闹，犯不上……。”

“这也不见得。况且何太太一定要请我，辞不掉……”因为黄三毁谤了学校，又看手表上已经两点半，离上课时间只有半点了，所以他有些气忿，又很露出焦躁的神情。

“好！这且不谈。”黄三是乖觉的，即刻转帆，说，“我们说正经事罢：今天晚上我们有一个局面。毛家屯毛资甫的大儿子在这里了，来请阳宅先生看坟地去的，手头现带着二百番。我们已经约定，晚上凑一桌，一个我，一个老钵，一个就是你。你一定来罢，万不要误事。我们三个人扫光他！”

老杆——高老夫子——沉吟了，但是不开口。

“你一定来，一定！我还得和老钵去接洽一回。地方还是在我的家里。那傻小子是‘初出茅庐’，我们准可以扫光他！你将那一副竹纹清楚一点的交给我罢！”

高老夫子慢慢地站起来，到床头取了马将牌盒，交给他；一看手表，两点四十分了。他想：黄三虽然能干，但明知道我已经做了教员，还来当面毁谤学堂，又打搅别人的豫备功课，究竟不应该。他于是冷淡地说道：

“晚上再商量罢。我要上课去了。”

他一面说，一面恨恨地向《了凡纲鉴》看了一眼，拿起教科书，装在新皮包里，又很小心地戴上新帽子，便和黄三出了门。他一出门，就放开脚步，像木匠牵着的钻子似的，肩膀一扇一扇地直走，不多久，黄三便连他的影子也望不见了。

高老夫子一跑到贤良女学校，即将新印的名片交给一个驼背的老门房。不一忽，就听到一声“请”，他于是跟着驼背走，转过两个弯，已到教员豫备室了，也算是客厅。何校长不在校；迎接他的是花白胡子的教务长，大名鼎鼎的万瑶圃，别号“玉皇香案吏”的，新近正将他自己和女仙赠答的诗《仙坛酬唱集》陆续登在《大中日报》上。

“阿呀！础翁！久仰久仰！……”万瑶圃连连拱手，并将膝关节和腿关节接连弯了五六弯，仿佛想要蹲下去似的。

“阿呀！瑶翁！久仰久仰！……”础翁夹着皮包照样地做，并且说。

他们于是坐下；一个似死非死的校役便端上两杯白开水来。高老夫子看看对面的挂钟，还只两点四十分，和他的手表要差半点。

“阿呀！础翁的大作，是的，那个……。是的，那——‘中国国粹义务论’，真真要言不烦，百读不厌！实在是少年人们的座右铭，座右铭座右铭！兄弟也颇喜欢文学，可是，玩玩而已，怎么比得上础翁。”他重行拱一拱手，低声说，“我们的盛德乩坛天天请仙，兄弟也常常去唱和。础翁也可以光降光降罢。那乩仙，就是蕊珠仙子，从她的语气上看来，似乎是一位谪降红尘的花神。她最爱和名人唱和，也很赞成新党，像础翁这样的学者，她一定大加青眼的。哈哈哈哈！”

但高老夫子却不很能发表什么崇论宏议，因为他的豫备——东晋之兴亡——本没有十分足，此刻又并不足的几分也有些忘却了。他烦躁愁苦着；从繁乱的心绪中，又涌出许多断片的思想来：上堂的姿势应该威严；额角的瘢痕总该遮住；教科书要读得慢，看学生要大方。但同时还模模胡胡听得瑶圃说着话：

“……赐了一个荸荠……。‘醉倚青鸾上碧霄’，多么超脱……那邓孝翁叩求了五回，这才赐了一首五绝……‘红袖拂天河，莫道……’蕊珠仙子说……础翁还是第一回……这就是本校的植物园！”

“哦哦！”尔础忽然看见他举手一指，这才从乱头思想中惊觉，依着指头看去，窗外一小片空地，地上有四五株树，正对面是三间小平房。

“这就是讲堂。”瑶圃并不移动他的手指，但是说。

“哦哦！”

“学生是很驯良的。她们除听讲之外，就专心缝纫……。”

“哦哦！”尔础实在颇有些窘急了，他希望他不再说话，好给自己聚精会神，赶紧想一想东晋之兴亡。

“可惜内中也有几个想学学做诗，那可是不行的。维新固然可以，但做诗究竟不是大家闺秀所宜。蕊珠仙子也不很赞成女学，以为淆乱两仪，非天曹所喜。兄弟还很同她讨论过几回……。”

尔础忽然跳了起来，他听到铃声了。

“不，不。请坐！那是退班铃。”

“瑶翁公事很忙罢，可以不必客气……。”

“不，不！不忙，不忙！兄弟以为振兴女学是顺应世界的潮流，但一不得当，即易流于偏，所以天曹不喜，也许不过是防微杜渐的意思。只要办理得人，不偏不倚，合乎中庸，一以国粹为归宿，那是决无流弊的。础翁，你想，可对？这是蕊珠仙子也以为‘不无可采’的话。哈哈哈哈！”

校役又送上两杯白开水来；但是铃声又响了。

瑶圃便请尔础喝了两口白开水，这才慢慢地站起来，引导他穿过植物园，走进讲堂去。

他心头跳着，笔挺地站在讲台旁边，只看见半屋子都是蓬蓬松松的头发。瑶圃从大襟袋里掏出一张信笺，展开之后，一面看，一面对学生们说道：

“这位就是高老师，高尔础高老师，是有名的学者，那一篇有名的《论中华国民皆有整理国史之义务》，是谁都知道的。《大中日报》上还说过，高老师是：骡慕俄国文豪高君尔基之为人，因改字尔础，以示景仰之意，斯人之出，诚吾中华文坛之幸也！现在经何校长再三敦请，竟惠然肯来，到这里来教历史了……”

高老师忽而觉得很寂然，原来瑶翁已经不见，只有自己站在讲台旁边了。他只得跨上讲台去，行了礼，定一定神，又记起了态度应该威严的成算，便慢慢地翻开书本，来开讲“东晋之兴亡”。

“嘻嘻！”似乎有谁在那里窃笑了。

高老夫子脸上登时一热，忙看书本，和他的话并不错，上面印着的的确是：“东晋之偏安”。书脑的对面，也还是半屋子蓬蓬松松的头发，不见有别的动静。他猜想这是自己的疑心，其实谁也没有笑；于是又定一定神，看住书本，慢慢地讲下去。当初，是自己的耳朵也听到自己的嘴说些什么的，可是逐渐胡涂起来，竟至于不再知道说什么，待到发挥“石勒之雄图”的时候，便只听得吃吃地窃笑的声音了。

他不禁向讲台下一看，情形和原先已经很不同：半屋子都是眼睛，还有许多小巧的等边三角形，三角形中都生着两个鼻孔，这些连成一气，宛然是流动而深邃的海，闪烁地汪洋地正冲着他的眼光。但当他瞥见时，却又骤然一闪，变了半屋子蓬蓬松松的头发了。

他也连忙收回眼光，再不敢离开教科书，不得已时，就抬起眼来看看屋顶。屋顶是白而转黄的洋灰，中央还起了一道正圆形的棱线；可是这圆圈又生动了，忽然扩大，忽然收小，使他的眼睛有些昏花。他豫料倘将眼光下移，就不免又要遇见可怕的眼睛和鼻孔联合的海，只好再回到书本上，这时已经是“淝水之战”，苻坚快要骇得“草木皆兵”了。

他总疑心有许多人暗暗地发笑，但还是熬着讲，明明已经讲了大半天，而铃声还没有响，看手表是不行的，怕学生要小觑；可是讲了一会，又到“拓跋氏之勃兴”了，接着就是“六国兴亡表”，他本以为今天未必讲到，没有豫备的。

他自己觉得讲义忽而中止了。

“今天是第一天，就是这样罢……。”他惶惑了一会之后，才断续地说，一面点一点头，跨下讲台去，也便出了教室的门。

“嘻嘻嘻！”

他似乎听到背后有许多人笑，又仿佛看见这笑声就从那深邃的鼻孔的海里出来。他便惘惘然，跨进植物园，向着对面的教员豫备室大踏步走。

他大吃一惊，至于连《中国历史教科书》也失手落在地上了，因为脑壳上突然遭了什么东西的一击。他倒退两步，定睛看时，一枝夭斜的树枝横在他面前，已被他的头撞得树叶都微微发抖。他赶紧弯腰去拾书本，书旁边竖着一块木牌，上面写道：

桑 桑　科

他似乎听到背后有许多人笑，又仿佛看见这笑声就从那深邃的鼻孔的海里出来。于是也就不好意思去抚摩头上已经疼痛起来的皮肤，只一心跑进教员豫备室里去。

那里面，两个装着白开水的杯子依然，却不见了似死非死的校役，瑶翁也踪影全无了。一切都黯淡，只有他的新皮包和新帽子在黯淡中发亮。看壁上的挂钟，还只有三点四十分。

高老夫子回到自家的房里许久之后，有时全身还骤然一热；又无端的愤怒；终于觉得学堂确也要闹坏风气，不如停闭的好，尤其是女学堂，——有什么意思呢，喜欢虚荣罢了！

“嘻嘻！”

他还听到隐隐约约的笑声。这使他更加愤怒，也使他辞职的决心更加坚固了。晚上就写信给何校长，只要说自己患了足疾。但是，倘来挽留，又怎么办呢？——也不去。女学堂真不知道要闹到什么样子，自己又何苦去和她们为伍呢？犯不上的。他想。

他于是决绝地将《了凡纲鉴》搬开；镜子推在一旁；聘书也合上了。正要坐下，又觉得那聘书实在红得可恨，便抓过来和《中国历史教科书》一同塞入抽屉里。

一切大概已经打叠停当，桌上只剩下一面镜子，眼界清净得多了。然而还不舒适，仿佛欠缺了半个魂灵，但他当即省悟，戴上红结子的秋帽，径向黄三的家里去了。

“来了，尔础高老夫子！”老钵大声说。

“狗屁！”他眉头一皱，在老钵的头顶上打了一下，说。

“教过了罢？怎么样，可有几个出色的？”黄三热心地问。

“我没有再教下去的意思。女学堂真不知道要闹成什么样子。我辈正经人，确乎犯不上酱在一起……。”

毛家的大儿子进来了，胖到像一个汤圆。

“阿呀！久仰久仰！……”满屋子的手都拱起来，膝关节和腿关节接二连三地屈折，仿佛就要蹲了下去似的。

“这一位就是先前说过的高干亭兄。”老钵指着高老夫子，向毛家的大儿子说。

“哦哦！久仰久仰！……”毛家的大儿子便特别向他连连拱手，并且点头。

这屋子的左边早放好一顶斜摆的方桌，黄三一面招呼客人，一面和一个小鸦头布置着座位和筹马。不多久，每一个桌角上都点起一枝细瘦的洋烛来，他们四人便入座了。

万籁无声。只有打出来的骨牌拍在紫檀桌面上的声音，在初夜的寂静中清彻地作响。

高老夫子的牌风并不坏，但他总还抱着什么不平。他本来是什么都容易忘记的，惟独这一回，却总以为世风有些可虑；虽然面前的筹马渐渐增加了，也还不很能够使他舒适，使他乐观。但时移俗易，世风也终究觉得好了起来；不过其时很晚，已经在打完第二圈，他快要凑成“清一色”的时候了。

一九二五年五月一日。

孤独者

一

我和魏连殳相识一场，回想起来倒也别致，竟是以送殓始，以送殓终。

那时我在S城，就时时听到人们提起他的名字，都说他很有些古怪：所学的是动物学，却到中学堂去做历史教员；对人总是爱理不理的，却常喜欢管别人的闲事；常说家庭应该破坏，一领薪水却一定立即寄给他的祖母，一日也不拖延。此外还有许多零碎的话柄；总之，在S城里也算是一个给人当作谈助的人。有一年的秋天，我在寒石山的一个亲戚家里闲住：他们就姓魏，是连殳的本家。但他们却更不明白他，仿佛将他当作一个外国人看待，说是“同我们都异样的”。

这也不足为奇，中国的兴学虽说已经二十年了，寒石山却连小学也没有。全山村中，只有连殳是出外游学的学生，所以从村人看来，他确是一个异类；但也很妒羡，说他挣得许多钱。

到秋末，山村中痢疾流行了；我也自危，就想回到城中去。那时听说连殳的祖母就染了病，因为是老年，所以很沉重；山中又没有一个医生。所谓他的家属者，其实就只有一个这祖母，雇一名女工简单地过活；他幼小失了父母，就由这祖母抚养成人的。听说她先前也曾经吃过许多苦，现在可是安乐了。但因为他没有家小，家中究竟非常寂寞，这大概也就是大家所谓异样之一端罢。

寒石山离城是旱道一百里，水道七十里，专使人叫连殳去，往返至少就得四天。山村僻陋，这些事便算大家都要打听的大新闻，第二天便轰传她病势已经极重，专差也出发了；可是到四更天竟咽了气，最后的话，是："为什么不肯给我会一会殳的呢？……"

族长，近房，他的祖母的母家的亲丁，闲人，聚集了一屋子，豫计殳的到来，应该已是入殓的时候了。寿材寿衣早已做成，都无须筹画；他们的第一大问题是在怎样对付这"承重孙"，因为逆料他关于一切丧葬仪式，是一定要改变新花样的。聚议之后，大概商定了三大条件，要他必行。一是穿白，二是跪拜，三是请和尚道士做法事。总而言之：是全都照旧。

他们既经议妥，便约定在殳到家的那一天，一同聚在厅前，排成阵势，互相策应，并力作一回极严厉的谈判。村人们都咽着唾沫，新奇地听候消息；他们知道殳是"吃洋教"的"新党"，向来就不讲什么道理，两面的争斗，大约总要开始的，或者还会酿成一种出人意外的奇观。

传说殳的到家是下午，一进门，向他祖母的灵前只是弯了一弯腰。族长们便立刻照豫定计画进行，将他叫到大厅上，先说过一大篇冒头，然后引入本题，而且大家此唱彼和，七嘴八舌，使他得不到辩驳的机会。但终于话都说完了，沉默充满了全厅，人们全数悚然地紧看着他的嘴。只见殳神色也不动，简单地回答道：

"都可以的。"

这又很出于他们的意外，大家的心的重担都放下了，但又似乎反加重，觉得太"异样"，倒很有些可虑似的。打听新闻的村人们也很失望，口口相传道，"奇怪！他说'都可以'哩！我们看去罢！"都可以就是照旧，本来是无足观了，但他们也还要看，黄昏之后，便欣欣然聚满了一堂前。

我也是去看的一个，先送了一份香烛；待到走到他家，已见殳在给死者穿衣服了。原来他是一个短小瘦削的人，长方脸，蓬松的头发和浓黑的须眉占了一脸的小半，只见两眼在黑气里发光。那穿衣也穿得真好，井井有条，仿佛是一个大殓的专家，使旁观者不觉叹服。寒石山老例，当这些时候，无论如何，母家的亲丁是总要挑剔的；他却只是默默地，遇见怎么挑剔便怎么改，神色也不动。站在我前面的一个花白头发的老太太，便发出羡慕感叹的声音。

其次是拜，其次是哭，凡女人们都念念有词。其次入棺；其次又是拜；又是哭，直到钉好了棺盖。沉静了一瞬间，大家忽而扰动了，很有惊异和不满的形势。我也不由的突然觉到：连殳就始终没有落过一滴泪，只坐在草荐上，两眼在黑气里闪闪地发光。

大殓便在这惊异和不满的空气里面完毕。大家都怏怏地，似乎想走散，但连殳却还坐在草荐上沉思。忽然，他流下泪来了，接着就失声，立刻又变成长嚎，像一匹受伤的狼，当深夜在旷野中嗥叫，惨伤里夹杂着愤怒和悲哀。这模样，是老例上所没有的，先前也未曾豫防到，大家都手足无措了，迟疑了一会，就有几个人上前去劝止他，愈去愈多，终于挤成一大堆。但他却只是兀坐着号咷，铁塔似的动也不动。

大家又只得无趣地散开；他哭着，哭着，约有半点钟，这才突然停了下来，也不向吊客招呼，径自往家里走。接着就有前去窥探的人来报告：他走进他祖母的房里，躺在床上，而且，似乎就睡熟了。

隔了两日，是我要动身回城的前一天，便听到村人都遭了魔似的发议论，说连殳要将所有的器具大半烧给他祖母，余下的便分赠生时侍奉，死时送终的女工，并且连房屋也要无期地借给她居住了。亲戚本家都说到舌敝唇焦，也终于阻当不住。

恐怕大半也还是因为好奇心，我归途中经过他家的门口，便又顺便去吊慰。他穿了毛边的白衣出见，神色也还是那样，冷冷的。我很劝慰了一番；他却除了唯唯诺诺之外，只回答了一句话，是：

“多谢你的好意。”

二

我们第三次相见就在这年的冬初，S城的一个书铺子里，大家同时点了一点头，总算是认识了。但使我们接近起来的，是在这年底我失了职业之后。从此，我便常常访问连殳去。一则，自然是因为无聊赖；二则，因为听人说，他倒很亲近失意的人的，虽然素性这么冷。但是世事升沉无定，失意人也不会长是失意人，所以他也就很少长久的朋友。这传说果然不虚，我一投名片，他便接见了。两间连通的客厅，并无什么陈设，不过是桌椅之外，排列些书架，大家虽说他是一个可怕的“新党”，架上却不很有新书。他已经知道我失了职业；但套话一说就完，主客便只好默默地相对，逐渐沉闷起来。我只见他很快地吸完一枝烟，烟蒂要烧着手指了，才抛在地面上。

“吸烟罢。”他伸手取第二枝烟时，忽然说。

我便也取了一枝，吸着，讲些关于教书和书籍的，但也还觉得沉闷。我正想走时，门外一阵喧嚷和脚步声，四个男女孩子闯进来了。大的八九岁，小的四五岁，手脸和衣服都很脏，而且丑得可以。但是连殳的眼里却即刻发出欢喜的光来了，连忙站起，向客厅间壁的房里走，一面说道：

“大良，二良，都来！你们昨天要的口琴，我已经买来了。”

孩子们便跟着一齐拥进去，立刻又各人吹着一个口琴一拥而出，一出客厅门，不知怎的便打将起来。有一个哭了。

“一人一个，都一样的。不要争呵！”他还跟在后面嘱咐。

“这么多的一群孩子都是谁呢？”我问。

“是房主人的。他们都没有母亲，只有一个祖母。”

“房东只一个人么？”

“是的。他的妻子大概死了三四年了罢，没有续娶。——否则，便要不肯将余屋租给我似的单身人。”他说着，冷冷地微笑了。

我很想问他何以至今还是单身，但因为不很熟，终于不好开口。

只要和𩽾一熟识，是很可以谈谈的。他议论非常多，而且往往颇奇警。使人不耐的倒是他的有些来客，大抵是读过《沉沦》的罢，时常自命为“不幸的青年”或是“零余者”，螃蟹一般懒散而骄傲地堆在大椅子上，一面唉声叹气，一面皱着眉头吸烟。还有那房主的孩子们，总是互相争吵，打翻碗碟，硬讨点心，乱得人头昏。但𩽾一见他们，却再不像平时那样的冷冷的了，看得比自己的性命还宝贵。听说有一回，三良发了红斑痧，竟急得他脸上的黑气愈见其黑了；不料那病是轻的，于是后来便被孩子们的祖母传作笑柄。

“孩子总是好的。他们全是天真……。”他似乎也觉得我有些不耐烦了，有一天特地乘机对我说。

“那也不尽然。”我只是随便回答他。

“不。大人的坏脾气，在孩子们是没有的。后来的坏，如你平日所攻击的坏，那是环境教坏的。原来却并不坏，天真……。我以为中国的可以希望，只在这一点。”

“不。如果孩子中没有坏根苗，大起来怎么会有坏花果？譬如一粒种子，正因为内中本含有枝叶花果的胚，长大时才能够发出这些东西来。何尝是无端……”我因为闲着无事，便也如大人先生们一下野，就要吃素谈禅一样，正在看佛经。佛理自然是并不懂得的，但竟也不自检点，一味任意地说。

然而𩽾气忿了，只看了我一眼，不再开口。我也猜不出他是无话可说呢，还是不屑辩。但见他又显出许久不见的冷冷的态度来，默默地连吸了两枝烟；待到他再取第三枝时，我便只好逃走了。

这仇恨是历了三月之久才消释的。原因大概是一半因为忘却，一半则他自己竟也被“天真”的孩子所仇视了，于是觉得我对于孩子的冒渎的话倒也情有可原。但这不过是我的推测。其时是在我的寓里的酒后，他似乎微露悲哀模样，半仰着头道：

“想起来真觉得有些奇怪。我到你这里来时，街上看见一个很小的小孩，拿了一片芦叶指着我道：杀！他还不很能走路……。”

“这是环境教坏的。”

我即刻很后悔我的话。但他却似乎并不介意，只竭力地喝酒，其间又竭力地吸烟。

“我倒忘了，还没有问你，”我便用别的话来支梧，“你是不大访问人的，怎么今天有这兴致来走走呢？我们相识有一年多了，你到我这里来却还是第一回。”

“我正要告诉你呢：你这几天切莫到我寓里来看我了。我的寓里正有很讨厌的一大一小在那里，都不像人！”

“一大一小？这是谁呢？”我有些诧异。

“是我的堂兄和他的小儿子。哈哈，儿子正如老子一般。”

“是上城来看你，带便玩玩的罢？”

“不。说是来和我商量，就要将这孩子过继给我的。”

“呵！过继给你？”我不禁惊叫了，“你不是还没有娶亲么？”

“他们知道我不娶的了。但这都没有什么关系。他们其实是要过继给我那一间寒石山的破屋子。我此外一无所有，你是知道的；钱一到手就化完。只有这一间破屋子。他们父子的一生的事业是在逐出那一个借住着的老女工。”

他那词气的冷峭，实在又使我悚然。但我还慰解他说：

“我看你的本家也还不至于此。他们不过思想略旧一点罢了。譬如，你那年大哭的时候，他们就都热心地围着使劲来劝你……。”

“我父亲死去之后，因为夺我屋子，要我在笔据上画花押，我大哭着的时候，他们也是这样热心地围着使劲来劝我……”他两眼向上凝视，仿佛要在空中寻出那时的情景来。

“总而言之：关键就全在你没有孩子。你究竟为什么老不结婚的呢？”我忽而寻到了转舵的话，也是久已想问的话，觉得这时是最好的机会了。

他诧异地看着我，过了一会，眼光便移到他自己的膝髁上去了，于是就吸烟，没有回答。

三

但是，虽在这一种百无聊赖的境地中，也还不给连殳安住。渐渐地，小报上有匿名人来攻击他，学界上也常有关于他的流言，可是这已经并非先前似的单是话柄，大概是于他有损的了。我知道这是他近来喜欢发表文章的结果，倒也并不介意。S城人最不愿意有人发些没有顾忌的议论，一有，一定要暗暗地来叮他，这是向来如此的，连殳自己也知道。但到春天，忽然听说他已被校长辞退了。这却使我觉得有些兀突；其实，这也是向来如此的，不过因为我希望着自己认识的人能够幸免，所以就以为兀突罢了，S城人倒并非这一回特别恶。

其时我正忙着自己的生计，一面又在接洽本年秋天到山阳去当教员的事，竟没有工夫去访问他。待到有些余暇的时候，离他被辞退那时大约快有三个月了，可是还没有发生访问连殳的意思。有一天，我路过大街，偶然在旧书摊前停留，却不禁使我觉到震悚，因为在那里陈列着的一部汲古阁初印本《史记索隐》，正是连殳的书。他喜欢书，但不是藏书家，这种本子，在他是算作贵重的善本，非万不得已，不肯轻易变卖的。难道他失业刚才两三月，就一贫至此么？虽然他向来一有钱即随手散去，没有什么贮蓄。于是我便决意访问连殳去，顺便在街上买了一瓶烧酒，两包花生米，两个熏鱼头。

他的房门关闭着，叫了两声，不见答应。我疑心他睡着了，更加大声地叫，并且伸手拍着房门。

“出去了罢！”大良们的祖母，那三角眼的胖女人，从对面的窗口探出她花白的头来了，也大声说，不耐烦似的。

“那里去了呢？”我问。

“那里去了？谁知道呢？——他能到那里去呢，你等着就是，一会儿总会回来的。”

我便推开门走进他的客厅去。真是“一日不见，如隔三秋”，满眼是凄凉和空空洞洞，不但器具所余无几了，连书籍也只剩了在S城决没有人会要的几本洋装书。屋中间的圆桌还在，先前曾经常常围绕着忧郁慷慨的青年，怀才不遇的奇士和腌臜吵闹的孩子们的，现在却见得很闲静，只在面上蒙着一层薄薄的灰尘。我就在桌上放了酒瓶和纸包，拖过一把椅子来，靠桌旁对着房门坐下。

的确不过是“一会儿”，房门一开，一个人悄悄地阴影似的进来了，正是連殳。也许是傍晚之故罢，看去仿佛比先前黑，但神情却还是那样。

“阿！你在这里？来得多久了？”他似乎有些喜欢。

“并没有多久。”我说，“你到那里去了？”

“并没有到那里去，不过随便走走。”

他也拖过椅子来，在桌旁坐下，我们便开始喝烧酒，一面谈些关于他的失业的事。但他却不愿意多谈这些；他以为这是意料中的事，也是自己时常遇到的事，无足怪，而且无可谈的。他照例只是一意喝烧酒，并且依然发些关于社会和历史的议论。不知怎地我此时看见空空的书架，也记起汲古阁初印本的《史记索隐》，忽而感到一种淡漠的孤寂和悲哀。

“你的客厅这么荒凉……。近来客人不多了么？”

“没有了。他们以为我心境不佳，来也无意味。心境不佳，实在是可以给人们不舒服的。冬天的公园，就没有人去……。”他连喝两口酒，默默地想着，突然，仰起脸来看着我问道，“你在图谋的职业也还是毫无把握罢？……”

我虽然明知他已经有些酒意，但也不禁愤然，正想发话，只见他侧耳一听，便抓起一把花生米，出去了。门外是大良们笑嚷的声音。

但他一出去，孩子们的声音便寂然，而且似乎都走了。他还追上去，说些话，却不听得有回答。他也就阴影似的悄悄地回来，仍将一把花生米放在纸包里。

“连我的东西也不要吃了。”他低声，嘲笑似的说。

“連殳，”我很觉得悲凉，却强装着微笑，说，“我以为你太自寻苦恼了。你看得人间太坏……。”

他冷冷的笑了一笑。

“我的话还没有完哩。你对于我们，偶而来访问你的我们，也以为因为闲着无事，所以来你这里，将你当作消遣的资料的罢？”

“并不。但有时也这样想。或者寻些谈资。”

“那你可错误了。人们其实并不这样。你实在亲手造了独头茧，将自己裹在里面了。你应该将世间看得光明些。”我叹惜着说。

“也许如此罢。但是，你说：那丝是怎么来的？——自然，世上也尽有这样的人，譬如，我的祖母就是。我虽然没有分得她的血液，却也许会继承她的运命。然而这也没有什么要紧，我早已豫先一起哭过了……。”

我即刻记起他祖母大殓时候的情景来，如在眼前一样。

“我总不解你那时的大哭……。”于是鹘突地问了。

“我的祖母入殓的时候罢？是的，你不解的。”他一面点灯，一面冷静地说，“你的和我交往，我想，还正因为那时的哭哩。你不知道，这祖母，是我父亲的继母；他的生母，他三岁时候就死去了。”他想着，默默地喝酒，吃完了一个熏鱼头。

“那些往事，我原是不知道的。只是我从小时候就觉得不可解。那时我的父亲还在，家景也还好，正月间一定要悬挂祖像，盛大地供养起来。看着这许多盛装的画像，在我那时似乎是不可多得的眼福。但那时，抱着我的一个女工总指了一幅像说：‘这是你自己的祖母。拜拜罢，保佑你生龙活虎似的大得快。’我真不懂得我明明有着一个祖母，怎么又会有什么‘自己的祖母’来。可是我爱这‘自己的祖母’，她不比家里的祖母一般老；她年青，好看，穿着描金的红衣服，戴着珠冠，和我母亲的像差不多。我看她时，她的眼睛也注视我，而且口角上渐渐增多了笑影：我知道她一定也是极其爱我的。

“然而我也爱那家里的，终日坐在窗下慢慢地做针线的祖母。虽然无论我怎样高兴地在她面前玩笑，叫她，也不能引她欢笑，常使我觉得冷冷地，和别人的祖母们有些不同。但我还爱她。可是到后来，我逐渐疏远她了；这也并非因为年纪大了，已经知道她不是我父亲的生母的缘故，倒是看久了终日终年的做针线，机器似的，自然免不了要发烦。但她却还是先前一样，做针线；管理我，也爱护我，虽然少见笑容，却也不加呵斥。直到我父亲去世，还是这样；后来呢，我们几乎全靠她做针线过活了，自然更这样，直到我进学堂……。”

灯火销沉下去了，煤油已经将涸，他便站起，从书架下摸出一个小小的洋铁壶来添煤油。

“只这一月里，煤油已经涨价两次了……。”他旋好了灯头，慢慢地说。“生活要日见其困难起来。——她后来还是这样，直到我毕业，有了事做，生活比先前安定些；恐怕还直到她生病，实在打熬不住了，只得躺下的时候罢……。

“她的晚年，据我想，是总算不很辛苦的，享寿也不小了，正无须我来下泪。况且哭的人不是多着么？连先前竭力欺凌她的人们也哭，至少是脸上很惨然。哈哈！……可是我那时不知怎地，将她的一生缩在眼前了，亲手造成孤独，又放在嘴里去咀嚼的人的一生。而且觉得这样的人还很多哩。这些人们，就使我要痛哭，但大半也还是因为我那时太过于感情用事……。

“你现在对于我的意见，就是我先前对于她的意见。然而我的那时的意见，其实也不对的。便是我自己，从略知世事起，就的确逐渐和她疏远起来了……。”

他沉默了，指间夹着烟卷，低了头，想着。灯火在微微地发抖。

“呵，人要使死后没有一个人为他哭，是不容易的事呵。”他自言自语似的说；略略一停，便仰起脸来向我道，“想来你也无法可想。我也还得赶紧寻点事情做……。”

“你再没有可托的朋友了么？”我这时正是无法可想，连自已。

“那倒大概还有几个的，可是他们的境遇都和我差不多……。”

我辞别连殳出门的时候，圆月已经升在中天了，是极静的夜。

四

山阳的教育事业的状况很不佳。我到校两月，得不到一文薪水，只得连烟卷也节省起来。但是学校里的人们，虽是月薪十五六元的小职员，也没有一个不是乐天知命的，仗着逐渐打熬成功的铜筋铁骨，面黄肌瘦地从早办公一直到夜，其间看见名位较高的人物，还得恭恭敬敬地站起，实在都是不必“衣食足而知礼节”的人民。我每看见这情状，不知怎的总记起连殳临别托付我的话来。他那时生计更其不堪了，窘相时时显露，看去似乎已没有往时的深沉，知道我就要动身，深夜来访，迟疑了许久，才吞吞吐吐地说道：

“不知道那边可有法子想？——便是钞写，一月二三十块钱的也可以的。我……。”

我很诧异了，还不料他竟肯这样的迁就，一时说不出话来。

“我……，我还得活几天……。”

“那边去看一看，一定竭力去设法罢。”

这是我当日一口承当的答话，后来常常自己听见，眼前也同时浮出连殳的相貌，而且吞吞吐吐地说道“我还得活几天”。到这些时，我便设法向各处推荐一番；但有什么效验呢，事少人多，结果是别人给我几句抱歉的话，我就给他几句抱歉的信。到一学期将完的时候，那情形就更加坏了起来。那地方的几个绅士所办的《学理周报》上，竟开始攻击我了，自然是决不指名的，但措辞很巧妙，使人一见就觉得我是在挑剔学潮，连推荐连殳的事，也算是呼朋引类。

我只好一动不动，除上课之外，便关起门来躲着，有时连烟卷的烟钻出窗隙去，也怕犯了挑剔学潮的嫌疑。连殳的事，自然更是无从说起了。这样地一直到深冬。

下了一天雪，到夜还没有止，屋外一切静极，静到要听出静的声音来。我在小小的灯火光中，闭目枯坐，如见雪花片片飘坠，来增补这一望无际的雪堆；故乡也准备过年了，人们忙得很；我自己还是一个儿童，在后园的平坦处和一伙小朋友塑雪罗汉。雪罗汉的眼睛是用两块小炭嵌出来的，颜色很黑，这一闪动，便变了连殳的眼睛。

“我还得活几天！”仍是这样的声音。

“为什么呢？”我无端地这样问，立刻连自己也觉得可笑了。

这可笑的问题使我清醒，坐直了身子，点起一枝烟卷来；推窗一望，雪果然下得更大了。听得有人叩门；不一会，一个人走进来，但是听熟的客寓杂役的脚步。他推开我的房门，交给我一封六寸多长的信，字迹很潦草，然而一瞥便认出“魏缄”两个字，是连殳寄来的。

这是从我离开S城以后他给我的第一封信。我知道他疏懒，本不以杳无消息为奇，但有时也颇怨他不给一点消息。待到接了这信，可又无端地觉得奇怪了，慌忙拆开来。里面也用了一样潦草的字体，写着这样的话：

“申飞……。”

“我称你什么呢？我空着。你自己愿意称什么，你自己添上去罢。我都可以的。”

“别后共得三信，没有复。这原因很简单：我连买邮票的钱也没有。”

“你或者愿意知道些我的消息，现在简直告诉你罢：我失败了。先前，我自以为是失败者，现在知道那并不，现在才真是失败者了。先前，还有人愿意我活几天，我自己也还想活几天的时候，活不下去；现在，大可以无须了，然而要活下去……。”

“然而就活下去么？”

“愿意我活几天的，自己就活不下去。这人已被敌人诱杀了。谁杀的呢？谁也不知道。”

“人生的变化多么迅速呵！这半年来，我几乎求乞了，实际，也可以算得已经求乞。然而我还有所为，我愿意为此求乞，为此冻馁，为此寂寞，为此辛苦。但灭亡是不愿意的。你看，有一个愿意我活几天的，那力量就这么大。然而现在是没有了，连这一个也没有了。同时，我自己也觉得不配活下去；别人呢？也不配的。同时，我自己又觉得偏要为不愿意我活下去的人们而活下去；好在愿意我好好地活下去的已经没有了，再没有谁痛心。使这样的人痛心，我是不愿意的。然而现在是没有了，连这一个也没有了。快活极了，舒服极了；我已经躬行我先前所憎恶，所反对的一切，拒斥我先前所崇仰，所主张的一切了。我已经真的失败，——然而我胜利了。”

“你以为我发了疯么？你以为我成了英雄或伟人了么？不，不的。这事情很简单；我近来已经做了杜师长的顾问，每月的薪水就有现洋八十元了。”

“申飞……。”

“你将以我为什么东西呢，你自己定就是，我都可以的。”

“你大约还记得我旧时的客厅罢，我们在城中初见和将别时候的客厅。现在我还用着这客厅。这里有新的宾客，新的馈赠，新的颂扬，新的钻营，新的磕头和打拱，新的打牌和猜拳，新的冷眼和恶心，新的失眠和吐血……。”

“你前信说你教书很不如意。你愿意也做顾问么？可以告诉我，我给你办。其实是做门房也不妨，一样地有新的宾客和新的馈赠，新的颂扬……。”

“我这里下大雪了。你那里怎样？现在已是深夜，吐了两口血，使我清醒起来。记得你竟从秋天以来陆续给了我三封信，这是怎样的可以惊异的事呵。我必须寄给你一点消息，你或者不至于倒抽一口冷气罢。”

“此后，我大约不再写信的了，我这习惯是你早已知道的。何时回来呢？倘早，当能相见。——但我想，我们大概究竟不是一路的；那么，请你忘记我罢。我从我的真心感谢你先前常替我筹划生计。但是现在忘记我罢；我现在已经‘好’了。”

连殳。十二月十四日。

这虽然并不使我“倒抽一口冷气”，但草草一看之后，又细看了一遍，却总有些不舒服，而同时可又夹杂些快意和高兴；又想，他的生计总算已经不成问题，我的担子也可以放下了，虽然在我这一面始终不过是无法可想。忽而又想写一封信回答他，但又觉得没有话说，于是这意思也立即消失了。

我的确渐渐地在忘却他。在我的记忆中，他的面貌也不再时常出现。但得信之后不到十天，S城的学理七日报社忽然接续着邮寄他们的《学理七日报》来了。我是不大看这些东西的，不过既经寄到，也就随手翻翻。这却使我记起连殳来，因为里面常有关于他的诗文，如《雪夜谒连殳先生》，《连殳顾问高斋雅集》等等；有一回，《学理闲谭》里还津津地叙述他先前所被传为笑柄的事，称作“逸闻”，言外大有“且夫非常之人，必能行非常之事”的意思。

不知怎地虽然因此记起，但他的面貌却总是逐渐模胡；然而又似乎和我日加密切起来，往往无端感到一种连自己也莫明其妙的不安和极轻微的震颤。幸而到了秋季，这《学理七日报》就不寄来了；山阳的《学理周刊》上却又按期登起一篇长论文：《流言即事实论》。里面还说，关于某君们的流言，已在公正士绅间盛传了。这是专指几个人的，有我在内；我只好极小心，照例连吸烟卷的烟也谨防飞散。小心是一种忙的苦痛，因此会百事俱废，自然也无暇记得连殳。总之：我其实已经将他忘却了。

但我也终于敷衍不到暑假，五月底，便离开了山阳。

五

从山阳到历城，又到太谷，一总转了大半年，终于寻不出什么事情做，我便又决计回S城去了。到时是春初的下午，天气欲雨不雨，一切都罩在灰色中；旧寓里还有空房，仍然住下。在道上，就想起连殳的了，到后，便决定晚饭后去看他。我提着两包闻喜名产的煮饼，走了许多潮湿的路，让道给许多拦路高卧的狗，这才总算到了连殳的门前。里面仿佛特别明亮似的。我想，一做顾问，连寓里也格外光亮起来了，不觉在暗中一笑。但仰面一看，门旁却白白的，分明帖着一张斜角纸。我又想，大良们的祖母死了罢，同时也跨进门，一直向里面走。

微光所照的院子里，放着一具棺材，旁边站一个穿军衣的兵或是马弁，还有一个和他谈话的，看时却是大良的祖母；另外还闲站着几个短衣的粗人。我的心即刻跳起来了。她也转过脸来凝视我。

"阿呀！您回来了？何不早几天……。"她忽而大叫起来。

"谁……谁没有了？"我其实是已经大概知道的了，但还是问。

"魏大人，前天没有的。"

我四顾，客厅里暗沉沉的，大约只有一盏灯；正屋里却挂着白的孝帏，几个孩子聚在屋外，就是大良二良们。

"他停在那里，"大良的祖母走向前，指着说，"魏大人恭喜之后，我把正屋也租给他了；他现在就停在那里。"

孝帏上没有别的，前面是一张条桌，一张方桌；方桌上摆着十来碗饭菜。我刚跨进门，当面忽然现出两个穿白长衫的来拦住了，瞪了死鱼似的眼睛，从中发出惊疑的光来，钉住了我的脸。我慌忙说明我和连殳的关系，大良的祖母也来从旁证实，他们的手和眼光这才逐渐弛缓下去，默许我近前去鞠躬。

我一鞠躬，地下忽然有人呜呜的哭起来了，定神看时，一个十多岁的孩子伏在草荐上，也是白衣服，头发剪得很光的头上还络着一大绺苎麻丝。

我和他们寒暄后，知道一个是连殳的从堂兄弟，要算最亲的了；一个是远房侄子。我请求看一看故人，他们却竭力拦阻，说是“不敢当”的。然而终于被我说服了，将孝帏揭起。

这回我会见了死的连殳。但是奇怪！他虽然穿一套皱的短衫裤，大襟上还有血迹，脸上也瘦削得不堪，然而面目却还是先前那样的面目，宁静地闭着嘴，合着眼，睡着似的，几乎要使我伸手到他鼻子前面，去试探他可是其实还在呼吸着。

一切是死一般静，死的人和活的人。我退开了，他的从堂兄弟却又来周旋，说“舍弟”正在年富力强，前程无限的时候，竟遽尔“作古”了，这不但是“衰宗”不幸，也太使朋友伤心。言外颇有替连殳道歉之意；这样地能说，在山乡中人是少有的。但此后也就沉默了，一切是死一般静，死的人和活的人。

我觉得很无聊，怎样的悲哀倒没有，便退到院子里，和大良们的祖母闲谈起来。知道入殓的时候是临近了，只待寿衣送到；钉棺材钉时，“子午卯酉”四生肖是必须躲避的。她谈得高兴了，说话滔滔地泉流似的涌出，说到他的病状，说到他生时的情景，也带些关于他的批评。

“你可知道魏大人自从交运之后，人就和先前两样了，脸也抬高起来，气昂昂的。对人也不再先前那么迂。你知道，他先前不是像一个哑子，见我是叫老太太的么？后来就叫‘老家伙’。唉唉，真是有趣。人送他仙居术，他自己是不吃的，就摔在院子里，——就是这地方，——叫道，‘老家伙，你吃去罢。’他交运之后，人来人往，我把正屋也让给他住了，自己便搬在这厢房里。他也真是一走红运，就与众不同，我们就常常这样说笑。要是你早来一个月，还赶得上看这里的热闹，三日两头的猜拳行令，说的说，笑的笑，唱的唱，做诗的做诗，打牌的打牌……。”

“他先前怕孩子们比孩子们见老子还怕，总是低声下气的。近来可也两样了，能说能闹，我们的大良们也很喜欢和他玩，一有空，便都到他的屋里去。他也用种种方法逗着玩；要他买东西，他就要孩子装一声狗叫，或者磕一个响头。哈哈，真是过得热闹。前两月二良要他买鞋，还磕了三个响头哩，哪，现在还穿着，没有破呢。”

一个穿白长衫的人出来了，她就住了口。我打听连殳的病症，她却不大清楚，只说大约是早已瘦了下去的罢，可是谁也没理会，因为他总是高高兴兴的。到一个多月前，这才听到他吐过几回血，但似乎也没有看医生；后来躺倒了；死去的前三天，就哑了喉咙，说不出一句话。十三大人从寒石山路远迢迢地上城来，问他可有存款，他一声也不响。十三大人疑心他装出来的，也有人说有些生痨病死的人是要说不出话来的，谁知道呢……。

“可是魏大人的脾气也太古怪，”她忽然低声说，“他就不肯积蓄一点，水似的化钱。十三大人还疑心我们得了什么好处。有什么屁好处呢？他就冤里冤枉胡里胡涂地化掉了。譬如买东西，今天买进，明天又卖出，弄破，真不知道是怎么一回事。待到死了下来，什么也没有，都糟掉了。要不然，今天也不至于这样地冷静……。”

“他就是胡闹，不想办一点正经事。我是想到过的，也劝过他。这么年纪了，应该成家；照现在的样子，结一门亲很容易；如果没有门当户对的，先买几个姨太太也可以：人是总应该像个样子的。可是他一听到就笑起来，说道，‘老家伙，你还是总替别人惦记着这等事么？’你看，他近来就浮而不实，不把人的好话当好话听。要是早听了我的话，现在何至于独自冷清清地在阴间摸索，至少，也可以听到几声亲人的哭声……。”

一个店伙背了衣服来了。三个亲人便捡出里衣，走进帏后去。不多久，孝帏揭起了，里衣已经换好，接着是加外衣。这很出我意外。一条土黄的军裤穿上了，嵌着很宽的红条，其次穿上去的是军衣，金闪闪的肩章，也不知道是什么品级，那里来的品级。到入棺，是𨅝很不妥帖地躺着，脚边放一双黄皮鞋，腰边放一柄纸糊的指挥刀，骨瘦如柴的灰黑的脸旁，是一顶金边的军帽。

三个亲人扶着棺沿哭了一场，止哭拭泪；头上络麻线的孩子退出去了，三良也避去，大约都是属“子午卯酉”之一的。

粗人扛起棺盖来，我走近去最后看一看永别的𨅝。

他在不妥贴的衣冠中，安静地躺着，合了眼，闭着嘴，口角间仿佛含着冰冷的微笑，冷笑着这可笑的死尸。

敲钉的声音一响，哭声也同时迸出来。这哭声使我不能听完，只好退到院子里；顺脚一走，不觉出了大门了。潮湿的路极其分明，仰看太空，浓云已经散去，挂着一轮圆月，散出冷静的光辉。

我快步走着，仿佛要从一种沉重的东西中冲出，但是不能够。耳朵中有什么挣扎着，久之，久之，终于挣扎出来了，隐约像是长嗥，像一匹受伤的狼，当深夜在旷野中嗥叫，惨伤里夹杂着愤怒和悲哀。

我的心地就轻松起来，坦然地在潮湿的石路上走，月光底下。

一九二五年十月十七日毕。

伤 逝

——涓生的手记

如果我能够，我要写下我的悔恨和悲哀，为子君，为自己。

会馆里的被遗忘在偏僻里的破屋是这样地寂静和空虚。时光过得真快，我爱子君，仗着她逃出这寂静和空虚，已经满一年了。事情又这么不凑巧，我重来时，偏偏空着的又只有这一间屋。依然是这样的破窗，这样的窗外的半枯的槐树和老紫藤，这样的窗前的方桌，这样的败壁，这样的靠壁的板床。深夜中独自躺在床上，就如我未曾和子君同居以前一般，过去一年中的时光全被消灭，全未有过，我并没有曾经从这破屋子搬出，在吉兆胡同创立了满怀希望的小小的家庭。

不但如此。在一年之前，这寂静和空虚是并不这样的，常常含着期待；期待子君的到来。在久待的焦躁中，一听到皮鞋的高底尖触着砖路的清响，是怎样地使我骤然生动起来呵！于是就看见带着笑涡的苍白的圆脸，苍白的瘦的臂膊，布的有条纹的衫子，玄色的裙。她又带了窗外的半枯的槐树的新叶来，使我看见，还有挂在铁似的老干上的一房一房的紫白的藤花。

然而现在呢，只有寂静和空虚依旧，子君却决不再来了，而且永远，永远地！……

子君不在我这破屋里时，我什么也看不见。在百无聊赖中，顺手抓过一本书来，科学也好，文学也好，横竖什么都一样；看下去，看下去，忽而自己觉得，已经翻了十多页了，但是毫不记得书上所说的事。只是耳朵却分外地灵，仿佛听到大门外一切往来的履声，从中便有子君的，而且橐橐地逐渐临近，——但是，往往又逐渐渺茫，终于消失在别的步声的杂沓中了。我憎恶那不像子君鞋声的穿布底鞋的长班的儿子，我憎恶那太像子君鞋声的常常穿着新皮鞋的邻院的搽雪花膏的小东西！

莫非她翻了车么？莫非她被电车撞伤了么？……

我便要取了帽子去看她，然而她的胞叔就曾经当面骂过我。

蓦然，她的鞋声近来了，一步响于一步，迎出去时，却已经走过紫藤棚下，脸上带着微笑的酒窝。她在她叔子的家里大约并未受气，我的心宁帖了，默默地相视片时之后，破屋里便渐渐充满了我的语声，谈家庭专制，谈打破旧习惯，谈男女平等，谈伊孛生，谈泰戈尔，谈雪莱……。她总是微笑点头，两眼里弥漫着稚气的好奇的光泽。壁上就钉着一张铜板的雪莱半身像，是从杂志上裁下来的，是他的最美的一张像。当我指给她看时，她却只草草一看，便低了头，似乎不好意思了。这些地方，子君就大概还未脱尽旧思想的束缚，——我后来也想，倒不如换一张雪莱淹死在海里的纪念像或是伊孛生的罢；但也终于没有换，现在是连这一张也不知那里去了。

“我是我自己的，他们谁也没有干涉我的权利！”

这是我们交际了半年，又谈起她在这里的胞叔和在家的父亲时，她默想了一会之后，分明地，坚决地，沉静地说了出来的话。其时是我已经说尽了我的意见，我的身世，我的缺点，很少隐瞒；她也完全了解的了。这几句话很震动了我的灵魂，此后许多天还在耳中发响，而且说不出的狂喜，知道中国女性，并不如厌世家所说那样的无法可施，在不远的将来，便要看见辉煌的曙色的。

送她出门，照例是相离十多步远；照例是那鲇鱼须的老东西的脸又紧帖在脏的窗玻璃上了，连鼻尖都挤成一个小平面；到外院，照例又是明晃晃的玻璃窗里的那小东西的脸，加厚的雪花膏。她目不邪视地骄傲地走了，没有看见；我骄傲地回来。

“我是我自己的，他们谁也没有干涉我的权利！”这彻底的思想就在她的脑里，比我还透澈，坚强得多。半瓶雪花膏和鼻尖的小平面，于她能算什么东西呢？

我已经记不清那时怎样地将我的纯真热烈的爱表示给她。岂但现在，那时的事后便已模胡，夜间回想，早只剩了一些断片了；同居以后一两月，便连这些断片也化作无可追踪的梦影。我只记得那时以前的十几天，曾经很仔细地研究过表示的态度，排列过措辞的先后，以及倘或遭了拒绝以后的情形。可是临时似乎都无用，在慌张中，身不由己地竟用了在电影上见过的方法了。后来一想到，就使我很愧恧，但在记忆上却偏只有这一点永远留遗，至今还如暗室的孤灯一般，照见我含泪握着她的手，一条腿跪了下去……。

不但我自己的，便是子君的言语举动，我那时就没有看得分明；仅知道她已经允许我了。但也还仿佛记得她脸色变成青白，后来又渐渐转作绯红，——没有见过，也没有再见的绯红；孩子似的眼里射出悲喜，但是夹着惊疑的光，虽然力避我的视线，张皇地似乎要破窗飞去。然而我知道她已经允许我了，没有知道她怎样说或是没有说。

她却是什么都记得：我的言辞，竟至于读熟了的一般，能够滔滔背诵；我的举动，就如有一张我所看不见的影片挂在眼下，叙述得如生，很细微，自然连那使我不愿再想的浅薄的电影的一闪。夜阑人静，是相对温习的时候了，我常是被质问，被考验，并且被命复述当时的言语，然而常须由她补足，由她纠正，像一个丁等的学生。

这温习后来也渐渐稀疏起来。但我只要看见她两眼注视空中，出神似的凝想着，于是神色越加柔和，笑窝也深下去，便知道她又在自修旧课了，只是我很怕她看到我那可笑的电影的一闪。但我又知道，她一定要看见，而且也非看不可的。

然而她并不觉得可笑。即使我自己以为可笑，甚而至于可鄙的，她也毫不以为可笑。这事我知道得很清楚，因为她爱我，是这样地热烈，这样地纯真。

去年的暮春是最为幸福，也是最为忙碌的时光。我的心平静下去了，但又有别一部分和身体一同忙碌起来。我们这时才在路上同行，也到过几回公园，最多的是寻住所。我觉得在路上时时遇到探索，讥笑，猥亵和轻蔑的眼光，一不小心，便使我的全身有些瑟缩，只得即刻提起我的骄傲和反抗来支持。她却是大无畏的，对于这些全不关心，只是镇静地缓缓前行，坦然如入无人之境。

寻住所实在不是容易事，大半是被托辞拒绝，小半是我们以为不相宜。起先我们选择得很苛酷，——也非苛酷，因为看去大抵不像是我们的安身之所；后来，便只要他们能相容了。看了二十多处，这才得到可以暂且敷衍的处所，是吉兆胡同一所小屋里的两间南屋；主人是一个小官，然而倒是明白人，自住着正屋和厢房。他只有夫人和一个不到周岁的女孩子，雇一个乡下的女工，只要孩子不啼哭，是极其安闲幽静的。

我们的家具很简单，但已经用去了我的筹来的款子的大半；子君还卖掉了她唯一的金戒指和耳环。我拦阻她，还是定要卖，我也就不再坚持下去了；我知道不给她加入一点股分去，她是住不舒服的。

和她的叔子，她早经闹开，至于使他气愤到不再认她做侄女；我也陆续和几个自以为忠告，其实是替我胆怯，或者竟是嫉妒的朋友绝了交。然而这倒很清静。每日办公散后，虽然已近黄昏，车夫又一定走得这样慢，但究竟还有二人相对的时候。我们先是沉默的相视，接着是放怀而亲密的交谈，后来又是沉默。大家低头沉思着，却并未想着什么事。我也渐渐清醒地读遍了她的身体，她的灵魂，不过三星期，我似乎于她已经更加了解，揭去许多先前以为了解而现在看来却是隔膜，即所谓真的隔膜了。

子君也逐日活泼起来。但她并不爱花，我在庙会时买来的两盆小草花，四天不浇，枯死在壁角了，我又没有照顾一切的闲暇。然而她爱动物，也许是从官太太那里传染的罢，不一月，我们的眷属便骤然加得很多，四只小油鸡，在小院子里和房主人的十多只在一同走。但她们却认识鸡的相貌，各知道那一只是自家的。还有一只花白的叭儿狗，从庙会买来，记得似乎原有名字，子君却给它另起了一个，叫做阿随。我就叫它阿随，但我不喜欢这名字。

这是真的，爱情必须时时更新，生长，创造。我和子君说起这，她也领会地点点头。

唉唉，那是怎样的宁静而幸福的夜呵！

安宁和幸福是要凝固的，永久是这样的安宁和幸福。我们在会馆里时，还偶有议论的冲突和意思的误会，自从到吉兆胡同以来，连这一点也没有了；我们只在灯下对坐的怀旧谭中，回味那时冲突以后的和解的重生一般的乐趣。

子君竟胖了起来，脸色也红活了，可惜的是忙。管了家务便连谈天的工夫也没有，何况读书和散步。我们常说，我们总还得雇一个女工。

这就使我也一样地不快活，傍晚回来，常见她包藏着不快活的颜色，尤其使我不乐的是她要装作勉强的笑容。幸而探听出来了，也还是和那小官太太的暗斗，导火线便是两家的小油鸡。但又何必硬不告诉我呢？人总该有一个独立的家庭。这样的处所，是不能居住的。

我的路也铸定了，每星期中的六天，是由家到局，又由局到家。在局里便坐在办公桌前钞，钞，钞些公文和信件；在家里是和她相对或帮她生白炉子，煮饭，蒸馒头。我的学会了煮饭，就在这时候。

但我的食品却比在会馆里时好得多了。做菜虽不是子君的特长，然而她于此却倾注着全力；对于她的日夜的操心，使我也不能不一同操心，来算作分甘共苦。况且她又这样地终日汗流满面，短发都粘在脑额上；两只手又只是这样地粗糙起来。

况且还要饲阿随，饲油鸡，……都是非她不可的工作。

我曾经忠告她：我不吃，倒也罢了；却万不可这样地操劳。她只看了我一眼，不开口，神色却似乎有点凄然；我也只好不开口。然而她还是这样地操劳。

我所豫期的打击果然到来。双十节的前一晚，我呆坐着，她在洗碗。听到打门声，我去开门时，是局里的信差，交给我一张油印的纸条。我就有些料到了，到灯下去一看，果然，印着的就是：

> 奉
>
> 局长谕史涓生着毋庸到局办事
>
> 秘书处启　十月九号

这在会馆里时，我就早已料到了；那雪花膏便是局长的儿子的赌友，一定要去添些谣言，设法报告的。到现在才发生效验，已经要算是很晚的了。其实这在我不能算是一个打击，因为我早就决定，可以给别人去钞写，或者教读，或者虽然费力，也还可以译点书，况且《自由之友》的总编辑便是见过几次的熟人，两月前还通过信。但我的心却跳跃着。那么一个无畏的子君也变了色，尤其使我痛心；她近来似乎也较为怯弱了。

“那算什么。哼，我们干新的。我们……。”她说。

她的话没有说完；不知怎地，那声音在我听去却只是浮浮的，灯光也觉得格外黯淡。人们真是可笑的动物，一点极微末的小事情，便会受着很深的影响。我们先是默默地相视，逐渐商量起来，终于决定将现有的钱竭力节省，一面登“小广告”去寻求钞写和教读，一面写信给《自由之友》的总编辑，说明我目下的遭遇，请他收用我的译本，给我帮一点艰辛时候的忙。

“说做，就做罢！来开一条新的路！”

我立刻转身向了书案，推开盛香油的瓶子和醋碟，子君便送过那黯淡的灯来。我先拟广告；其次是选定可译的书，迁移以来未曾翻阅过，每本的头上都满漫着灰尘了；最后才写信。

我很费踌躕，不知道怎样措辞好，当停笔凝思的时候，转眼去一瞥她的脸，在昏暗的灯光下，又很见得凄然。我真不料这样微细的小事情，竟会给坚决的，无畏的子君以这么显著的变化。她近来实在变得很怯弱了，但也并不是今夜才开始的。我的心因此更缭乱，忽然有安宁的生活的影像——会馆里的破屋的寂静，在眼前一闪，刚刚想定睛凝视，却又看见了昏暗的灯光。

许久之后，信也写成了，是一封颇长的信；很觉得疲劳，仿佛近来自己也较为怯弱了。于是我们决定，广告和发信，就在明日一同实行。大家不约而同地伸直了腰肢，在无言中，似乎又都感到彼此的坚忍崛强的精神，还看见从新萌芽起来的将来的希望。

外来的打击其实倒是振作了我们的新精神。局里的生活，原如鸟贩子手里的禽鸟一般，仅有一点小米维系残生，决不会肥胖；日子一久，只落得麻痹了翅子，即使放出笼外，早已不能奋飞。现在总算脱出这牢笼了，我从此要在新的开阔的天空中翱翔，趁我还未忘却了我的翅子的扇动。

小广告是一时自然不会发生效力的；但译书也不是容易事，先前看过，以为已经懂得的，一动手，却疑难百出了，进行得很慢。然而我决计努力地做，一本半新的字典，不到半月，边上便有了一大片乌黑的指痕，这就证明着我的工作的切实。《自由之友》的总编辑曾经说过，他的刊物是决不会埋没好稿子的。

可惜的是我没有一间静室，子君又没有先前那么幽静，善于体贴了，屋子里总是散乱着碗碟，弥漫着煤烟，使人不能安心做事，但是这自然还只能怨我自己无力置一间书斋。然而又加以阿随，加以油鸡们。加以油鸡们又大起来了，更容易成为两家争吵的引线。

加以每日的“川流不息”的吃饭；子君的功业，仿佛就完全建立在这吃饭中。吃了筹钱，筹来吃饭，还要喂阿随，饲油鸡；她似乎将先前所知道的全都忘掉了，也不想到我的构思就常常为了这催促吃饭而打断。即使在坐中给看一点怒色，她总是不改变，仍然毫无感触似的大嚼起来。

使她明白了我的作工不能受规定的吃饭的束缚，就费去五星期。她明白之后，大约很不高兴罢，可是没有说。我的工作果然从此较为迅速地进行，不久就共译了五万言，只要润色一回，便可以和做好的两篇小品，一同寄给《自由之友》去。只是吃饭却依然给我苦恼。菜冷，是无妨的，然而竟不够；有时连饭也不够，虽然我因为终日坐在家里用脑，饭量已经比先前要减少得多。这是先去喂了阿随了，有时还并那近来连自己也轻易不吃的羊肉。她说，阿随实在瘦得太可怜，房东太太还因此嗤笑我们了，她受不住这样的奚落。

于是吃我残饭的便只有油鸡们。这是我积久才看出来的，但同时也如赫胥黎的论定“人类在宇宙间的位置”一般，自觉了我在这里的位置：不过是叭儿狗和油鸡之间。

后来，经多次的抗争和催逼，油鸡们也逐渐成为肴馔，我们和阿随都享用了十多日的鲜肥；可是其实都很瘦，因为它们早已每日只能得到几粒高粱了。从此便清静得多。只有子君很颓唐，似乎常觉得凄苦和无聊，至于不大愿意开口。我想，人是多么容易改变呵！

但是阿随也将留不住了。我们已经不能再希望从什么地方会有来信，子君也早没有一点食物可以引它打拱或直立起来。冬季又逼近得这么快，火炉就要成为很大的问题；它的食量，在我们其实早是一个极易觉得的很重的负担。于是连它也留不住了。

倘使插了草标到庙市去出卖，也许能得几文钱罢，然而我们都不能，也不愿这样做。终于是用包袱蒙着头，由我带到西郊去放掉了，还要追上来，便推在一个并不很深的土坑里。

我一回寓，觉得又清静得多多了；但子君的凄惨的神色，却使我很吃惊。那是没有见过的神色，自然是为阿随。但又何至于此呢？我还没有说起推在土坑里的事。

到夜间，在她的凄惨的神色中，加上冰冷的分子了。

"奇怪。——子君，你怎么今天这样儿了？"我忍不住问。

"什么？"她连看也不看我。

"你的脸色……。"

"没有什么，——什么也没有。"

我终于从她言动上看出，她大概已经认定我是一个忍心的人。其实，我一个人，是容易生活的，虽然因为骄傲，向来不与世交来往，迁居以后，也疏远了所有旧识的人，然而只要能远走高飞，生路还宽广得很。现在忍受着这生活压迫的苦痛，大半倒是为她，便是放掉阿随，也何尝不如此。但子君的识见却似乎只是浅薄起来，竟至于连这一点也想不到了。

我拣了一个机会，将这些道理暗示她；她领会似的点头。然而看她后来的情形，她是没有懂，或者是并不相信的。

天气的冷和神情的冷，逼迫我不能在家庭中安身。但是，往那里去呢？大道上，公园里，虽然没有冰冷的神情，冷风究竟也刺得人皮肤欲裂。我终于在通俗图书馆里觅得了我的天堂。

那里无须买票；阅书室里又装着两个铁火炉。纵使不过是烧着不死不活的煤的火炉，但单是看见装着它，精神上也就总觉得有些温暖。书却无可看：旧的陈腐，新的是几乎没有的。

好在我到那里去也并非为看书。另外时常还有几个人，多则十余人，都是单薄衣裳，正如我，各人看各人的书，作为取暖的口实。这于我尤为合式。道路上容易遇见熟人，得到轻蔑的一瞥，但此地却决无那样的横祸，因为他们是永远围在别的铁炉旁，或者靠在自家的白炉边的。

那里虽然没有书给我看，却还有安闲容得我想。待到孤身枯坐，回忆从前，这才觉得大半年来，只为了爱，——盲目的爱，——而将别的人生的要义全盘疏忽了。第一，便是生活。人必生活着，爱才有所附丽。世界上并非没有为了奋斗者而开的活路；我也还未忘却翅子的扇动，虽然比先前已经颓唐得多……。

屋子和读者渐渐消失了，我看见怒涛中的渔夫，战壕中的兵士，摩托车中的贵人，洋场上的投机家，深山密林中的豪杰，讲台上的教授，昏夜的运动者和深夜的偷儿……。子君，——不在近旁。她的勇气都失掉了，只为着阿随悲愤，为着做饭出神；然而奇怪的是倒也并不怎样瘦损……。

冷了起来，火炉里的不死不活的几片硬煤，也终于烧尽了，已是闭馆的时候。又须回到吉兆胡同，领略冰冷的颜色去了。近来也间或遇到温暖的神情，但这却反而增加我的苦痛。记得有一夜，子君的眼里忽而又发出久已不见的稚气的光来，笑着和我谈到还在会馆时候的情形，时时又很带些恐怖的神色。我知道我近来的超过她的冷漠，已经引起她的忧疑来，只得也勉力谈笑，想给她一点慰藉。然而我的笑貌一上脸，我的话一出口，却即刻变为空虚，这空虚又即刻发生反响，回向我的耳目里，给我一个难堪的恶毒的冷嘲。

子君似乎也觉得的，从此便失掉了她往常的麻木似的镇静，虽然竭力掩饰，总还是时时露出忧疑的神色来，但对我却温和得多了。

我要明告她，但我还没有敢，当决心要说的时候，看见她孩子一般的眼色，就使我只得暂且改作勉强的欢容。但是这又即刻来冷嘲我，并使我失却那冷漠的镇静。

她从此又开始了往事的温习和新的考验，逼我做出许多虚伪的温存的答案来，将温存示给她，虚伪的草稿便写在自己的心上。我的心渐被这些草稿填满了，常觉得难于呼吸。我在苦恼中常常想，说真实自然须有极大的勇气的；假如没有这勇气，而苟安于虚伪，那也便是不能开辟新的生路的人。不独不是这个，连这人也未尝有！

子君有怨色，在早晨，极冷的早晨，这是从未见过的，但也许是从我看来的怨色。我那时冷冷地气愤和暗笑了；她所磨练的思想和豁达无畏的言论，到底也还是一个空虚，而对于这空虚却并未自觉。她早已什么书也不看，已不知道人的生活的第一着是求生，向着这求生的道路，是必须携手同行，或奋身孤往的了，倘使只知道搥着一个人的衣角，那便是虽战士也难于战斗，只得一同灭亡。

我觉得新的希望就只在我们的分离；她应该决然舍去，——我也突然想到她的死，然而立刻自责，忏悔了。幸而是早晨，时间正多，我可以说我的真实。我们的新的道路的开辟，便在这一遭。

我和她闲谈，故意地引起我们的往事，提到文艺，于是涉及外国的文人，文人的作品：《诺拉》，《海的女人》。称扬诺拉的果决……。也还是去年在会馆的破屋里讲过的那些话，但现在已经变成空虚，从我的嘴传入自己的耳中，时时疑心有一个隐形的坏孩子，在背后恶意地刻毒地学舌。

她还是点头答应着倾听，后来沉默了。我也就断续地说完了我的话，连余音都消失在虚空中了。

“是的。”她又沉默了一会，说，“但是，……涓生，我觉得你近来很两样了。可是的？你，——你老实告诉我。”

我觉得这似乎给了我当头一击，但也立即定了神，说出我的意见和主张来：新的路的开辟，新的生活的再造，为的是免得一同灭亡。

临末，我用了十分的决心，加上这几句话：

“……况且你已经可以无须顾虑，勇往直前了。你要我老实说；是的，人是不该虚伪的。我老实说罢：因为，因为我已经不爱你了！但这于你倒好得多，因为你更可以毫无挂念地做事……。”

我同时豫期着大的变故的到来，然而只有沉默。她脸色陡然变成灰黄，死了似的；瞬间便又苏生，眼里也发了稚气的闪闪的光泽。这眼光射向四处，正如孩子在饥渴中寻求着慈爱的母亲，但只在空中寻求，恐怖地回避着我的眼。

我不能看下去了，幸而是早晨，我冒着寒风径奔通俗图书馆。

在那里看见《自由之友》，我的小品文都登出了。这使我一惊，仿佛得了一点生气。我想，生活的路还很多，——但是，现在这样也还是不行的。

我开始去访问久已不相闻问的熟人，但这也不过一两次；他们的屋子自然是暖和的，我在骨髓中却觉得寒冽。夜间，便蜷伏在比冰还冷的冷屋中。

冰的针刺着我的灵魂，使我永远苦于麻木的疼痛。生活的路还很多，我也还没有忘却翅子的扇动，我想。——我突然想到她的死，然而立刻自责，忏悔了。

在通俗图书馆里往往瞥见一闪的光明，新的生路横在前面。她勇猛地觉悟了，毅然走出这冰冷的家，而且，——毫无怨恨的神色。我便轻如行云，漂浮空际，上有蔚蓝的天，下是深山大海，广厦高楼，战场，摩托车，洋场，公馆，晴明的闹市，黑暗的夜……。

而且，真的，我豫感得这新生面便要来到了。

我们总算度过了极难忍受的冬天，这北京的冬天；就如蜻蜓落在恶作剧的坏孩子的手里一般，被系着细线，尽情玩弄，虐待，虽然幸而没有送掉性命，结果也还是躺在地上，只争着一个迟早之间。

写给《自由之友》的总编辑已经有三封信，这才得到回信，信封里只有两张书券：两角的和三角的。我却单是催，就用了九分的邮票，一天的饥饿，又都白挨给于己一无所得的空虚了。

然而觉得要来的事，却终于来到了。

这是冬春之交的事，风已没有这么冷，我也更久地在外面徘徊；待到回家，大概已经昏黑。就在这样一个昏黑的晚上，我照常没精打采地回来，一看见寓所的门，也照常更加丧气，使脚步放得更缓。但终于走进自己的屋子里了，没有灯火；摸火柴点起来时，是异样的寂寞和空虚！

正在错愕中，官太太便到窗外来叫我出去。

“今天子君的父亲来到这里，将她接回去了。”她很简单地说。

这似乎又不是意料中的事，我便如脑后受了一击，无言地站着。

“她去了么？”过了些时，我只问出这样一句话。

“她去了。”

“她，——她可说什么？”

“没说什么。单是托我见你回来时告诉你，说她去了。”

我不信；但是屋子里是异样的寂寞和空虚。我遍看各处，寻觅子君；只见几件破旧而黯淡的家具，都显得极其清疏，在证明着它们毫无隐匿一人一物的能力。我转念寻信或她留下的字迹，也没有；只是盐和干辣椒，面粉，半株白菜，却聚集在一处了，旁边还有几十枚铜元。这是我们两人生活材料的全副，现在她就郑重地将这留给我一个人，在不言中，教我借此去维持较久的生活。

我似乎被周围所排挤，奔到院子中间，有昏黑在我的周围；正屋的纸窗上映出明亮的灯光，他们正在逗着孩子玩笑。我的心也沉静下来，觉得在沉重的迫压中，渐渐隐约地现出脱走的路径：深山大泽，洋场，电灯下的盛筵，壕沟，最黑最黑的深夜，利刃的一击，毫无声响的脚步……。

心地有些轻松，舒展了，想到旅费，并且嘘一口气。

躺着，在合着的眼前经过的豫想的前途，不到半夜已经现尽；暗中忽然仿佛看见一堆食物，这之后，便浮出一个子君的灰黄的脸来，睁了孩子气的眼睛，恳托似的看着我。我一定神，什么也没有了。

但我的心却又觉得沉重。我为什么偏不忍耐几天，要这样急急地告诉她真话的呢？现在她知道，她以后所有的只是她父亲——儿女的债主——的烈日一般的严威和旁人的赛过冰霜的冷眼。此外便是虚空。负着虚空的重担，在严威和冷眼中走着所谓人生的路，这是怎么可怕的事呵！何况这路的尽头，又不过是——连墓碑也没有的坟墓。

我不应该将真实说给子君，我们相爱过，我应该永久奉献她我的说谎。如果真实可以宝贵，这在子君就不该是一个沉重的空虚。谎语当然也是一个空虚，然而临末，至多也不过这样地沉重。

我以为将真实说给子君，她便可以毫无顾虑，坚决地毅然前行，一如我们将要同居时那样。但这恐怕是我错误了。她当时的勇敢和无畏是因为爱。

我没有负着虚伪的重担的勇气，却将真实的重担卸给她了。她爱我之后，就要负了这重担，在严威和冷眼中走着所谓人生的路。

我想到她的死……。我看见我是一个卑怯者，应该被摈于强有力的人们，无论是真实者，虚伪者。然而她却自始至终，还希望我维持较久的生活……。

我要离开吉兆胡同，在这里是异样的空虚和寂寞。我想，只要离开这里，子君便如还在我的身边；至少，也如还在城中，有一天，将要出乎意表地访我，像住在会馆时候似的。

然而一切请托和书信，都是一无反响；我不得已，只好访问一个久不问候的世交去了。他是我伯父的幼年的同窗，以正经出名的拔贡，寓京很久，交游也广阔的。

大概因为衣服的破旧罢，一登门便很遭门房的白眼。好容易才相见，也还相识，但是很冷落。我们的往事，他全都知道了。

“自然，你也不能在这里了，”他听了我托他在别处觅事之后，冷冷地说，“但那里去呢？很难。——你那，什么呢，你的朋友罢，子君，你可知道，她死了。”

我惊得没有话。

“真的？”我终于不自觉地问。

“哈哈。自然真的。我家的王升的家，就和她家同村。”

“但是，——不知道是怎么死的？”

“谁知道呢。总之是死了就是了。”

我已经忘却了怎样辞别他，回到自己的寓所。我知道他是不说谎话的；子君总不会再来的了，像去年那样。她虽是想在严威和冷眼中负着虚空的重担来走所谓人生的路，也已经不能。她的命运，已经决定她在我所给与的真实——无爱的人间死灭了！

自然，我不能在这里了；但是，“那里去呢？”

四围是广大的空虚，还有死的寂静。死于无爱的人们的眼前的黑暗，我仿佛一一看见，还听得一切苦闷和绝望的挣扎的声音。

我还期待着新的东西到来，无名的，意外的。但一天一天，无非是死的寂静。

我比先前已经不大出门，只坐卧在广大的空虚里，一任这死的寂静侵蚀着我的灵魂。死的寂静有时也自己战栗，自己退藏，于是在这绝续之交，便闪出无名的，意外的，新的期待。

一天是阴沉的上午，太阳还不能从云里面挣扎出来，连空气都疲乏着。耳中听到细碎的步声和咻咻的鼻息，使我睁开眼。大致一看，屋子里还是空虚；但偶然看到地面，却盘旋着一匹小小的动物，瘦弱的，半死的，满身灰土的……。

我一细看，我的心就一停，接着便直跳起来。

那是阿随。它回来了。

我的离开吉兆胡同，也不单是为了房主人们和他家女工的冷眼，大半就为着这阿随。但是，“那里去呢？”新的生路自然还很多，我约略知道，也间或依稀看见，觉得就在我面前，然而我还没有知道跨进那里去的第一步的方法。

经过许多回的思量和比较，也还只有会馆是还能相容的地方。依然是这样的破屋，这样的板床，这样的半枯的槐树和紫藤，但那时使我希望，欢欣，爱，生活的，却全都逝去了，只有一个虚空，我用真实去换来的虚空存在。

新的生路还很多，我必须跨进去，因为我还活着。但我还不知道怎样跨出那第一步。有时，仿佛看见那生路就像一条灰白的长蛇，自己蜿蜒地向我奔来，我等着，等着，看看临近，但忽然便消失在黑暗里了。

初春的夜，还是那么长。长久的枯坐中记起上午在街头所见的葬式，前面是纸人纸马，后面是唱歌一般的哭声。我现在已经知道他们的聪明了，这是多么轻松简截的事。

然而子君的葬式却又在我的眼前，是独自负着虚空的重担，在灰白的长路上前行，而又即刻消失在周围的严威和冷眼里了。

我愿意真有所谓鬼魂，真有所谓地狱，那么，即使在孽风怒吼之中，我也将寻觅子君，当面说出我的悔恨和悲哀，祈求她的饶恕；否则，地狱的毒焰将围绕我，猛烈地烧尽我的悔恨和悲哀。

我将在孽风和毒焰中拥抱子君，乞她宽容，或者使她快意……。

但是，这却更虚空于新的生路；现在所有的只是初春的夜，竟还是那么长。我活着，我总得向着新的生路跨出去，那第一步，——却不过是写下我的悔恨和悲哀，为子君，为自己。

我仍然只有唱歌一般的哭声，给子君送葬，葬在遗忘中。

我要遗忘；我为自己，并且要不再想到这用了遗忘给子君送葬。

我要向着新的生路跨进第一步去，我要将真实深深地藏在心的创伤中，默默地前行，用遗忘和说谎做我的前导……。

一九二五年十月二十一日毕。

弟兄

公益局一向无公可办，几个办事员在办公室里照例的谈家务。秦益堂捧着水烟筒咳得喘不过气来，大家也只得住口。久之，他抬起紫涨着的脸来了，还是气喘吁吁的，说：

“到昨天，他们又打起架来了，从堂屋一直打到门口。我怎么喝也喝不住。”他生着几根花白胡子的嘴唇还抖着。“老三说，老五折在公债票上的钱是不能开公账的，应该自己赔出来……。”

“你看，还是为钱，”张沛君就慷慨地从破的躺椅上站起来，两眼在深眼眶里慈爱地闪烁。“我真不解自家的弟兄何必这样斤斤计较，岂不是横竖都一样？……”

“像你们的弟兄，那里有呢。”益堂说。

“我们就是不计较，彼此都一样。我们就将钱财两字不放在心上。这么一来，什么事也没有了。有谁家闹着要分的，我总是将我们的情形告诉他，劝他们不要计较。益翁也只要对令郎开导开导……。”

“那～里……。”益堂摇头说。

“这大概也怕不成。”汪月生说，于是恭敬地看着沛君的眼，“像你们的弟兄，实在是少有的；我没有遇见过。你们简直是谁也没有一点自私自利的心思，这就不容易……。”

“他们一直从堂屋打到大门口……。”益堂说。

“令弟仍然是忙？……”月生问。

“还是一礼拜十八点钟功课，外加九十三本作文，简直忙不过来。这几天可是请假了，身热，大概是受了一点寒……。”

“我看这倒该小心些，”月生郑重地说。“今天的报上就说，现在时症流行……。”

“什么时症呢？”沛君吃惊了，赶忙地问。

“那我可说不清了。记得是什么热罢。”

沛君迈开步就奔向阅报室去。

“真是少有的，”月生目送他飞奔出去之后，向着秦益堂赞叹着。“他们两个人就像一个人。要是所有的弟兄都这样，家里那里还会闹乱子。我就学不来……。”

“说是折在公债票上的钱不能开公账……。”益堂将纸煤子插在纸煤管子里，恨恨地说。

办公室中暂时的寂静，不久就被沛君的步声和叫听差的声音震破了。他仿佛已经有什么大难临头似的，说话有些口吃了，声音也发着抖。他叫听差打电话给普悌思普大夫，请他即刻到同兴公寓张沛君那里去看病。

月生便知道他很着急，因为向来知道他虽然相信西医，而进款不多，平时也节省，现在却请的是这里第一个有名而价贵的医生。于是迎了出去，只见他脸色青青的站在外面听听差打电话。

“怎么了？”

“报上说……说流行的是猩……猩红热。我我午后来局的时，靖甫就是满脸通红……。已经出门了么？请……请他们打电话找，请他即刻来，同兴公寓，同兴公寓……。”

他听听差打完电话，便奔进办公室，取了帽子。汪月生也代为着急，跟了进去。

“局长来时，请给我请假，说家里有病人，看医生……。”他胡乱点着头，说。

“你去就是。局长也未必来。”月生说。

但是他似乎没有听到，已经奔出去了。

他到路上，已不再较量车价如平时一般，一看见一个稍微壮大，似乎能走的车夫，问过价钱，便一脚跨上车去，道，“好。只要给我快走！”

公寓却如平时一般，很平安，寂静；一个小伙计仍旧坐在门外拉胡琴。他走进他兄弟的卧室，觉得心跳得更利害，因为他脸上似乎见得更通红了，而且发喘。他伸手去一摸他的头，又热得炙手。

“不知道是什么病？不要紧罢？”靖甫问，眼里发出忧疑的光，显系他自己也觉得不寻常了。

“不要紧的，……伤风罢了。”他支梧着回答说。

他平时是专爱破除迷信的，但此时却觉得靖甫的样子和说话都有些不祥，仿佛病人自己就有了什么豫感。这思想更使他不安，立即走出，轻轻地叫了伙计，使他打电话去问医院：可曾找到了普大夫？

“就是啦，就是啦。还没有找到。”伙计在电话口边说。

沛君不但坐不稳，这时连立也不稳了；但他在焦急中，却忽而碰着了一条生路：也许并不是猩红热。然而普大夫没有找到，……同寓的白问山虽然是中医，或者于病名倒还能断定的，但是他曾经对他说过好几回攻击中医的话：况且追请普大夫的电话，他也许已经听到了……。

然而他终于去请白问山。

白问山却毫不介意，立刻戴起玳瑁边墨晶眼镜，同到靖甫的房里来。他诊过脉，在脸上端详一回，又翻开衣服看了胸部，便从从容容地告辞。沛君跟在后面，一直到他的房里。

他请沛君坐下，却是不开口。

“问山兄，舍弟究竟是……？”他忍不住发问了。

“红斑痧。你看他已经‘见点’了。”

“那么，不是猩红热？”沛君有些高兴起来。

“他们西医叫猩红热，我们中医叫红斑痧。”

这立刻使他手脚觉得发冷。

“可以医么？”他愁苦地问。

“可以。不过这也要看你们府上的家运。”

他已经胡涂得连自己也不知道怎样竟请白问山开了药方，从他房里走出；但当经过电话机旁的时候，却又记起普大夫来了。他仍然去问医院，答说已经找到了，可是很忙，怕去得晚，须待明天早晨也说不定的。然而他还叮嘱他要今天一定到。

他走进房去点起灯来看，靖甫的脸更觉得通红了，的确还现出更红的点子，眼睑也浮肿起来。他坐着，却似乎所坐的是针毡；在夜的渐就寂静中，在他的翘望中，每一辆汽车的汽笛的呼啸声更使他听得分明，有时竟无端疑为普大夫的汽车，跳起来去迎接。但是他还未走到门口，那汽车却早经驶过去了；惘然地回身，经过院落时，见皓月已经西升，邻家的一株古槐，便投影地上，森森然更来加浓了他阴郁的心地。

突然一声乌鸦叫。这是他平日常常听到的；那古槐上就有三四个乌鸦窠。但他现在却吓得几乎站住了，心惊肉跳地轻轻地走进靖甫的房里时，见他闭了眼躺着，满脸仿佛都见得浮肿；但没有睡，大概是听到脚步声了，忽然张开眼来，那两道眼光在灯光中异样地凄怆地发闪。

“信么？”靖甫问。

“不，不。是我。”他吃惊，有些失措，吃吃地说，“是我。我想还是去请一个西医来，好得快一点。他还没有来……。”

靖甫不答话，合了眼。他坐在窗前的书桌旁边，一切都静寂，只听得病人的急促的呼吸声，和闹钟的札札地作响。忽而远远地有汽车的汽笛发响了，使他的心立刻紧张起来，听它渐近，渐近，大概正到门口，要停下了罢，可是立刻听出，驶过去了。这样的许多回，他知道了汽笛声的各样：有如吹哨子的，有如击鼓的，有如放屁的，有如狗叫的，有如鸭叫的，有如牛吼的，有如母鸡惊啼的，有如呜咽的……。他忽而怨愤自己：为什么早不留心，知道，那普大夫的汽笛是怎样的声音的呢？

对面的寓客还没有回来，照例是看戏，或是打茶围去了。但夜却已经很深了，连汽车也逐渐地减少。强烈的银白色的月光，照得纸窗发白。

他在等待的厌倦里，身心的紧张慢慢地弛缓下来了，至于不再去留心那些汽笛。但凌乱的思绪，却又乘机而起；他仿佛知道靖甫生的一定是猩红热，而且是不可救的。那么，家计怎么支持呢，靠自己一个？虽然住在小城里，可是百物也昂贵起来了……。自己的三个孩子，他的两个，养活尚且难，还能进学校去读书么？只给一两个读书呢，那自然是自己的康儿最聪明，——然而大家一定要批评，说是薄待了兄弟的孩子……。

后事怎么办呢，连买棺木的款子也不够，怎么能够运回家，只好暂时寄顿在义庄里……。

忽然远远地有一阵脚步声进来，立刻使他跳起来了，走出房去，却知道是对面的寓客。

"先帝爷，在白帝城……。"

他一听到这低微高兴的吟声，便失望，愤怒，几乎要奔上去叱骂他。但他接着又看见伙计提着风雨灯，灯光中照出后面跟着的皮鞋，上面的微明里是一个高大的人，白脸孔，黑的络腮胡子。这正是普梯思。

他像是得了宝贝一般，飞跑上去，将他领入病人的房中。两人都站在床面前，他擎了洋灯，照着。

"先生，他发烧……。"沛君喘着说。

"什么时候，起的？"普梯思两手插在裤侧的袋子里，凝视着病人的脸，慢慢地问。

"前天。不，大……大大前天。"

普大夫不作声，略略按一按脉，又叫沛君擎高了洋灯，照着他在病人的脸上端详一回；又叫揭去被卧，解开衣服来给他看。看过之后，就伸出手指在肚子上去一摩。

“Measles……”普梯思低声自言自语似的说。

“疹子么？”他惊喜得声音也似乎发抖了。

“疹子。”

“就是疹子？……”

“疹子。”

“你原来没有出过疹子？……”

他高兴地刚在问靖甫时，普大夫已经走向书桌那边去了，于是也只得跟过去。只见他将一只脚踏在椅子上，拉过桌上的一张信笺，从衣袋里掏出一段很短的铅笔，就桌上飕飕地写了几个难以看清的字，这就是药方。

“怕药房已经关了罢？”沛君接了方，问。

“明天不要紧。明天吃。”

“明天再看？……”

“不要再看了。酸的，辣的，太咸的，不要吃。热退了之后，拿小便，送到我的，医院里来，查一查，就是了。装在，干净的，玻璃瓶里；外面，写上名字。”

普大夫且说且走，一面接了一张五元的钞票塞入衣袋里，一径出去了。他送出去，看他上了车，开动了，然后转身，刚进店门，只听得背后 go go 的两声，他才知道普梯思的汽车的叫声原来是牛吼似的。但现在是知道也没有什么用了，他想。

房子里连灯光也显得愉悦；沛君仿佛万事都已做讫，周围都很平安，心里倒是空空洞洞的模样。他将钱和药方交给跟着进来的伙计，叫他明天一早到美亚药房去买药，因为这药房是普大夫指定的，说惟独这一家的药品最可靠。

“东城的美亚药房！一定得到那里去。记住：美亚药房！”他跟在出去的伙计后面，说。

院子里满是月色，白得如银；“在白帝城”的邻人已经睡觉了，一切都很幽静。只有桌上的闹钟愉快而平匀地札札地作响；虽然听到病人的呼吸，却是很调和。他坐下不多久，忽又高兴起来。

“你原来这么大了，竟还没有出过疹子？”他遇到了什么奇迹似的，惊奇地问。

“……”

“你自己是不会记得的。须得问母亲才知道。”

“……”

“母亲又不在这里。竟没有出过疹子。哈哈哈！”

沛君在床上醒来时，朝阳已从纸窗上射入，刺着他朦胧的眼睛。但他却不能即刻动弹，只觉得四肢无力，而且背上冷冰冰的还有许多汗，而且看见床前站着一个满脸流血的孩子，自己正要去打她。

但这景象一刹那间便消失了，他还是独自睡在自己的房里，没有一个别的人。他解下枕衣来拭去胸前和背上的冷汗，穿好衣服，走向靖甫的房里去时，只见“在白帝城”的邻人正在院子里漱口，可见时候已经很不早了。

靖甫也醒着了，眼睁睁地躺在床上。

“今天怎样？”他立刻问。

“好些……。”

“药还没有来么？”

“没有。”

他便在书桌旁坐下，正对着眠床；看靖甫的脸，已没有昨天那样通红了。但自己的头却还觉得昏昏的，梦的断片，也同时闪闪烁烁地浮出：

——靖甫也正是这样地躺着，但却是一个死尸。他忙着收殓，独自背了一口棺材，从大门外一径背到堂屋里去。地方仿佛是在家里，看见许多熟识的人们在旁边交口赞颂……。

——他命令康儿和两个弟妹进学校去了，却还有两个孩子哭嚷着要跟去。他已经被哭嚷的声音缠得发烦，但同时也觉得自己有了最高的威权和极大的力。他看见自己的手掌比平常大了三四倍，铁铸似的，向荷生的脸上一掌批过去……。

他因为这些梦迹的袭击，怕得想站起来，走出房外去，但终于没有动。也想将这些梦迹压下，忘却，但这些却像搅在水里的鹅毛一般，转了几个围，终于非浮上来不可：

——荷生满脸是血，哭着进来了。他跳在神堂上……。那孩子后面还跟着一群相识和不相识的人。他知道他们是都来攻击他的……。

——“我决不至于昧了良心。你们不要受孩子的诳话的骗……。”他听得自己这样说。

——荷生就在他身边，他又举起了手掌……

他忽而清醒了，觉得很疲劳，背上似乎还有些冷。靖甫静静地躺在对面，呼吸虽然急促，却是很调匀。桌上的闹钟似乎更用了大声札札地作响。

他旋转身子去，对了书桌，只见蒙着一层尘，再转脸去看纸窗，挂着的日历上，写着两个漆黑的隶书：廿七。

伙计送药进来了，还拿着一包书。

“什么？”靖甫睁开了眼睛，问。

“药。”他也从惝恍中觉醒，回答说。

“不，那一包。”

“先不管它。吃药罢。”他给靖甫服了药，这才拿起那包书来看，道，“索士寄来的。一定是你向他去借的那一本：《Sesame and Lilies》。”

靖甫伸手要过书去，但只将书面一看，书脊上的金字一摩，便放在枕边，默默地合上眼睛了。过了一会，高兴地低声说：

“等我好起来，译一点寄到文化书馆去卖几个钱，不知道他们可要……。”

这一天，沛君到公益局比平日迟得多，将要下午了；办公室里已经充满了秦益堂的水烟的烟雾。汪月生远远地望见，便迎出来。

“嚄！来了。令弟全愈了罢？我想，这是不要紧的；时症年年有，没有什么要紧。我和益翁正惦记着呢；都说：怎么还不见来？现在来了，好了！但是，你看，你脸上的气色，多少……。是的，和昨天多少两样。”

沛君也仿佛觉得这办公室和同事都和昨天有些两样，生疏了。虽然一切也还是他曾经看惯的东西：断了的衣钩，缺口的唾壶，杂乱而尘封的案卷，折足的破躺椅，坐在躺椅上捧着水烟筒咳嗽而且摇头叹气的秦益堂……。

“他们也还是一直从堂屋打到大门口……。”

“所以呀，”月生一面回答他，“我说你该将沛兄的事讲给他们，教他们学学他。要不然，真要把你老头儿气死了……。”

“老三说，老五折在公债票上的钱是不能算公用的，应该……应该……。”益堂咳得弯下腰去了。

“真是‘人心不同’……。”月生说着，便转脸向了沛君，“那么，令弟没有什么？”

“没有什么。医生说是疹子。”

“疹子？是呵，现在外面孩子们正闹着疹子。我的同院住着的三个孩子也都出了疹子了。那是毫不要紧的。但你看，你昨天竟急得那么样，叫旁人看了也不能不感动，这真所谓‘兄弟怡怡’。”

“昨天局长到局了没有？”

“还是‘杳如黄鹤’。你去簿子上补画上一个‘到’就是了。”

“说是应该自己赔。”益堂自言自语地说。“这公债票也真害人，我是一点也莫名其妙。你一沾手就上当。到昨天，到晚上，也还是从堂屋一直打到大门口。老三多两个孩子上学，老五也说他多用了公众的钱，气不过……。”

“这真是愈加闹不清了！”月生失望似的说。“所以看见你们弟兄，沛君，我真是‘五体投地’。是的，我敢说，这决不是当面恭维的话。”

沛君不开口，望见听差的送进一件公文来，便迎上去接在手里。月生也跟过去，就在他手里看着，念道：

“‘公民郝上善等呈：东郊倒毙无名男尸一具请饬分局速行拨棺抬埋以资卫生而重公益由’。我来办。你还是早点回去罢，你一定惦记着令弟的病。你们真是‘鹡鸰在原’……。”

“不！”他不放手，“我来办。”

月生也就不再去抢着办了。沛君便十分安心似的沉静地走到自己的桌前，看着呈文，一面伸手去揭开了绿锈斑斓的墨盒盖。

一九二五年十一月三日。

离 婚

“阿阿，木叔！新年恭喜，发财发财！”

“你好，八三！恭喜恭喜！……”

“唉唉，恭喜！爱姑也在这里……”

“阿阿，木公公！……”

庄木三和他的女儿——爱姑——刚从木莲桥头跨下航船去，船里面就有许多声音一齐嗡的叫了起来，其中还有几个人捏着拳头打拱；同时，船旁的坐板也空出四人的坐位来了。庄木三一面招呼，一面就坐，将长烟管倚在船边；爱姑便坐在他左边，将两只钩刀样的脚正对着八三摆成一个“八”字。

“木公公上城去？”一个蟹壳脸的问。

“不上城，”木公公有些颓唐似的，但因为紫糖色脸上原有许多皱纹，所以倒也看不出什么大变化，“就是到庞庄去走一遭。”

合船都沉默了，只是看他们。

“也还是为了爱姑的事么？”好一会，八三质问了。

“还是为她。……这真是烦死我了，已经闹了整三年，打过多少回架，说过多少回和，总是不落局……。”

“这回还是到慰老爷家里去？……”

“还是到他家。他给他们说和也不止一两回了，我都不依。这倒没有什么。这回是他家新年会亲，连城里的七大人也在……。”

“七大人？”八三的眼睛睁大了。“他老人家也出来说话了么？……那是……。其实呢，去年我们将他们的灶都拆掉了，总算已经出了一口恶气。况且爱姑回到那边去，其实呢，也没有什么味儿……。”他于是顺下眼睛去。

“我倒并不贪图回到那边去，八三哥！”爱姑愤愤地昂起头，说，“我是赌气。你想，‘小畜生’姘上了小寡妇，就不要我，事情有这么容易的？‘老畜生’只知道帮儿子，也不要我，好容易呀！七大人怎样？难道和知县大老爷换帖，就不说人话了么？他不能像慰老爷似的不通，只说是‘走散好走散好’。我倒要对他说说我这几年的艰难，且看七大人说谁不错！”

八三被说服了，再开不得口。

只有潺潺的船头激水声；船里很静寂。庄木三伸手去摸烟管，装上烟。

斜对面，挨八三坐着的一个胖子便从肚兜里掏出一柄打火刀，打着火绒，给他按在烟斗上。

“对对。”木三点头说。

“我们虽然是初会，木叔的名字却是早已知道的。”胖子恭敬地说。“是的，这里沿海三六十八村，谁不知道？施家的儿子姘上了寡妇，我们也早知道。去年木叔带了六位儿子去拆平了他家的灶，谁不说应该？……你老人家是高门大户都走得进的，脚步开阔，怕他们甚的！……”

“你这位阿叔真通气，”爱姑高兴地说，“我虽然不认识你这位阿叔是谁。”

“我叫汪得贵。”胖子连忙说。

“要撇掉我，是不行的。七大人也好，八大人也好。我总要闹得他们家败人亡！慰老爷不是劝过我四回么？连爹也看得赔贴的钱有点头昏眼热了……。”

“你这妈的！”木三低声说。

“可是我听说去年年底施家送给慰老爷一桌酒席哩，八公公。”蟹壳脸道。

“那不碍事。”汪得贵说，“酒席能塞得人发昏么？酒席如果能塞得人发昏，送大菜又怎样？他们知书识理的人是专替人家讲公道话的，譬如，一个人受众人欺侮，他们就出来讲公道话，倒不在乎有没有酒喝。去年年底我们敝村的荣大爷从北京回来，他见过大场面的，不像我们乡下人一样。他就说，那边的第一个人物要算光太太，又硬……。”

“汪家汇头的客人上岸哩！”船家大声叫着，船已经要停下来。

“有我有我！”胖子立刻一把取了烟管，从中舱一跳，随着前进的船走在岸上了。

“对对！”他还向船里面的人点头，说。

船便在新的静寂中继续前进；水声又很听得出了，潺潺的。八三开始打磕睡了，渐渐地向对面的钩刀式的脚张开了嘴。前舱中的两个老女人也低声哼起佛号来，她们撷着念珠，又都看爱姑，而且互视，努嘴，点头。

爱姑瞪着眼看定篷顶，大半正在悬想将来怎样闹得他们家败人亡；“老畜生”，“小畜生”，全都走投无路。慰老爷她是不放在眼里的，见过两回，不过一个团头团脑的矮子：这种人本村里就很多，无非脸色比他紫黑些。

庄木三的烟早已吸到底，火逼得斗底里的烟油吱吱地叫了，还吸着。他知道一过汪家汇头，就到庞庄；而且那村口的魁星阁也确乎已经望得见。庞庄，他到过许多回，不足道的，以及慰老爷。他还记得女儿的哭回来，他的亲家和女婿的可恶，后来给他们怎样地吃亏。想到这里，过去的情景便在眼前展开，一到惩治他亲家这一局，他向来是要冷冷地微笑的，但这回却不，不知怎的忽而横梗着一个胖胖的七大人，将他脑里的局面挤得摆不整齐了。

船在继续的寂静中继续前进；独有念佛声却宏大起来；此外一切，都似乎陪着木叔和爱姑一同浸在沉思里。

“木叔，你老上岸罢，庞庄到了。”

木三他们被船家的声音警觉时，面前已是魁星阁了。

他跳上岸，爱姑跟着，经过魁星阁下，向着慰老爷家走。朝南走过三十家门面，再转一个弯，就到了，早望见门口一列地泊着四只乌篷船。

他们跨进黑油大门时，便被邀进门房去；大门后已经坐满着两桌船夫和长年。爱姑不敢看他们，只是溜了一眼，倒也并不见有“老畜生”和“小畜生”的踪迹。

当工人搬出年糕汤来时，爱姑不由得越加局促不安起来了，连自己也不明白为什么。“难道和知县大老爷换帖，就不说人话么？”她想。“知书识理的人是讲公道话的。我要细细地对七大人说一说，从十五岁嫁过去做媳妇的时候起……。”

她喝完年糕汤；知道时机将到。果然，不一会，她已经跟着一个长年，和她父亲经过大厅，又一弯，跨进客厅的门槛去了。

客厅里有许多东西，她不及细看；还有许多客，只见红青缎子马挂发闪。在这些中间第一眼就看见一个人，这一定是七大人了。虽然也是团头团脑，却比慰老爷们魁梧得多；大的圆脸上长着两条细眼和漆黑的细胡须；头顶是秃的，可是那脑壳和脸都很红润，油光光地发亮。爱姑很觉得稀奇，但也立刻自己解释明白了：那一定是擦着猪油的。

“这就是‘屁塞’，就是古人大殓的时候塞在屁股眼里的。”七大人正拿着一条烂石似的东西，说着，又在自己的鼻子旁擦了两擦，接着道，“可惜是‘新坑’。倒也可以买得，至迟是汉。你看，这一点是‘水银浸’……。”

“水银浸”周围即刻聚集了几个头，一个自然是慰老爷；还有几位少爷们，因为被威光压得像瘪臭虫了，爱姑先前竟没有见。

她不懂后一段话；无意，而且也不敢去研究什么“水银浸”，便偷空向四处一看望，只见她后面，紧挨着门旁的墙壁，正站着

“老畜生”和“小畜生”。虽然只一瞥，但较之半年前偶然看见的时候，分明都见得苍老了。

接着大家就都从“水银浸”周围散开；慰老爷接过“屁塞”，坐下，用指头摩挲着，转脸向庄木三说话。

“就是你们两个么？”

“是的。”

“你的儿子一个也没有来？”

“他们没有工夫。”

“本来新年正月又何必来劳动你们。但是，还是只为那件事，……我想，你们也闹得够了。不是已经有两年多了么？我想，冤仇是宜解不宜结的。爱姑既然丈夫不对，公婆不喜欢……。也还是照先前说过那样：走散的好。我没有这么大面子，说不通。七大人是最爱讲公道话的，你们也知道。现在七大人的意思也这样：和我一样。可是七大人说，两面都认点晦气罢，叫施家再添十块钱：九十元！”

“……”

“九十元！你就是打官司打到皇帝伯伯跟前，也没有这么便宜。这话只有我们的七大人肯说。”

七大人睁起细眼，看着庄木三，点点头。

爱姑觉得事情有些危急了，她很怪平时沿海的居民对他都有几分惧怕的自己的父亲，为什么在这里竟说不出话。她以为这是大可不必的；她自从听到七大人的一段议论之后，虽不很懂，但不知怎的总觉得他其实是和蔼近人，并不如先前自己所揣想那样的可怕。

“七大人是知书识理，顶明白的；”她勇敢起来了。“不像我们乡下人。我是有冤无处诉；倒正要找七大人讲讲。自从我嫁过去，真是低头进，低头出，一礼不缺。他们就是专和我作对，一个个都像个‘气杀钟馗’。那年的黄鼠狼咬死了那匹大公鸡，那里是我没有关好吗？那是那只杀头癞皮狗偷吃糠拌饭，拱开了鸡橱门。

那‘小畜生’不分青红皂白，就夹脸一嘴巴……。”

七大人对她看了一眼。

“我知道那是有缘故的。这也逃不出七大人的明鉴；知书识理的人什么都知道。他就是着了那滥婊子的迷，要赶我出去。我是三茶六礼定来的，花轿抬来的呵！那么容易吗？……我一定要给他们一个颜色看，就是打官司也不要紧。县里不行，还有府里呢……。”

“那些事是七大人都知道的。”慰老爷仰起脸来说。“爱姑，你要是不转头，没有什么便宜的。你就总是这模样。你看你的爹多少明白；你和你的弟兄都不像他。打官司打到府里，难道官府就不会问问七大人么？那时候是，‘公事公办’，那是，……你简直……。”

“那我就拚出一条命，大家家败人亡。”

“那倒并不是拚命的事，”七大人这才慢慢地说了。“年纪青青。一个人总要和气些：‘和气生财’。对不对？我一添就是十块，那简直已经是‘天外道理’了。要不然，公婆说‘走！’就得走。莫说府里，就是上海北京，就是外洋，都这样。你要不信，他就是刚从北京洋学堂里回来的，自己问他去。”于是转脸向着一个尖下巴的少爷道，“对不对？”

“的的确确。”尖下巴少爷赶忙挺直了身子，必恭必敬地低声说。

爱姑觉得自己是完全孤立了；爹不说话，弟兄不敢来，慰老爷是原本帮他们的，七大人又不可靠，连尖下巴少爷也低声下气地像一个瘪臭虫，还打“顺风锣”。但她在胡里胡涂的脑中，还仿佛决定要作一回最后的奋斗。

“怎么连七大人……。”她满眼发了惊疑和失望的光。“是的……。我知道，我们粗人，什么也不知道。就怨我爹连人情世故都不知道，老发昏了。就专凭他们‘老畜生’‘小畜生’摆布；他们会报丧似的急急忙忙钻狗洞，巴结人……。”

“七大人看看，”默默地站在她后面的“小畜生”忽然说话了。“她在大人面前还是这样。那在家里是，简直闹得六畜不安。叫我爹是‘老畜生’，叫我是口口声声‘小畜生’，‘逃生子’。”

“那个‘娘滥十十万人生’的叫你‘逃生子’？”爱姑回转脸去大声说，便又向着七大人道，“我还有话要当大众面前说说哩。他那里有好声好气呵，开口‘贱胎’，闭口‘娘杀’。自从结识了那婊子，连我的祖宗都入起来了。七大人，你给我批评批评，这……。”

她打了一个寒噤，连忙住口，因为她看见七大人忽然两眼向上一翻，圆脸一仰，细长胡子围着的嘴里同时发出一种高大摇曳的声音来了。

“来～～兮！”七大人说。

她觉得心脏一停，接着便突突地乱跳，似乎大势已去，局面都变了；仿佛失足掉在水里一般，但又知道这实在是自己错。

立刻进来一个蓝袍子黑背心的男人，对七大人站定，垂手挺腰，像一根木棍。

全客厅里是“鸦雀无声”。七大人将嘴一动，但谁也听不清说什么。然而那男人，却已经听到了，而且这命令的力量仿佛又已钻进了他的骨髓里，将身子牵了两牵，“毛骨耸然”似的；一面答应道：

“是。”他倒退了几步，才翻身走出去。

爱姑知道意外的事情就要到来，那事情是万料不到，也防不了的。她这时才又知道七大人实在威严，先前都是自己的误解，所以太放肆，太粗卤了。她非常后悔，不由的自己说：

“我本来是专听七大人吩咐……。”

全客厅里是“鸦雀无声”。她的话虽然微细得如丝，慰老爷却像听到霹雳似的了；他跳了起来。

“对呀！七大人也真公平；爱姑也真明白！”他夸赞着，便向庄木三，“老木，那你自然是没有什么说的了，她自己已经答应。我想你红绿帖是一定已经带来了的，我通知过你。那么，大家都拿出来……。”

爱姑见她爹便伸手到肚兜里去掏东西；木棍似的那男人也进来了，将小乌龟模样的一个漆黑的扁的小东西递给七大人。爱姑怕事情有变故，连忙去看庄木三，见他已经在茶几上打开一个蓝布包裹，取出洋钱来。

七大人也将小乌龟头拔下，从那身子里面倒一点东西在掌心上；木棍似的男人便接了那扁东西去。七大人随即用那一只手的一个指头蘸着掌心，向自己的鼻孔里塞了两塞，鼻孔和人中立刻黄焦焦了。他皱着鼻子，似乎要打喷嚏。

庄木三正在数洋钱。慰老爷从那没有数过的一叠里取出一点来，交还了“老畜生”；又将两份红绿帖子互换了地方，推给两面，嘴里说道：

“你们都收好。老木，你要点清数目呀。这不是好当玩意儿的，银钱事情……。”

“呃啾”的一声响，爱姑明知道是七大人打喷嚏了，但不由得转过眼去看。只见七大人张着嘴，仍旧在那里皱鼻子，一只手的两个指头却撮着一件东西，就是那“古人大殓的时候塞在屁股眼里的”，在鼻子旁边摩擦着。

好容易，庄木三点清了洋钱；两方面各将红绿帖子收起，大家的腰骨都似乎直得多，原先收紧着的脸相也宽懈下来，全客厅顿然见得一团和气了。

“好！事情是圆功了。”慰老爷看见他们两面都显出告别的神气，便吐一口气，说。“那么，嗡，再没有什么别的了。恭喜大吉，总算解了一个结。你们要走了么？不要走，在我们家里喝了新年喜酒去：这是难得的。”

“我们不喝了。存着，明年再来喝罢。”爱姑说。

“谢谢慰老爷。我们不喝了。我们还有事情……。”庄木三，“老畜生”和“小畜生”，都说着，恭恭敬敬地退出去。

“唔？怎么？不喝一点去么？”慰老爷还注视着走在最后的爱姑，说。

“是的，不喝了。谢谢慰老爷。”

一九二五年十一月六日。

集外集

/ 选编 /

序　言

听说：中国的好作家是大抵“悔其少作”的，他在自定集子的时候，就将少年时代的作品尽力删除，或者简直全部烧掉。我想，这大约和现在的老成的少年，看见他婴儿时代的出屁股，衔手指的照相一样，自愧其幼稚，因而觉得有损于他现在的尊严，——于是以为倘使可以隐蔽，总还是隐蔽的好。但我对于自己的“少作”，愧则有之，悔却从来没有过。出屁股，衔手指的照相，当然是惹人发笑的，但自有婴年的天真，决非少年以至老年所能有。况且如果少时不作，到老恐怕也未必就能作，又怎么还知道悔呢？

先前自己编了一本《坟》，还留存着许多文言文，就是这意思；这意思和方法，也一直至今没有变。但是，也有漏落的：是因为没有留存着底子，忘记了。也有故意删掉的：是或者因为看去好像抄译，却又年远失记，连自己也怀疑；或者因为不过对于一人，一时的事，和大局无关，情随事迁，无须再录；或者因为本不过开些玩笑，或是出于暂时的误解，几天之后，便无意义，不必留存了。

但使我吃惊的是霁云先生竟抄下了这么一大堆，连三十多年前的时文，十多年前的新诗，也全在那里面。这真好像将我五十多年前的出屁股，衔手指的照相，装潢起来，并且给我自己和别人来赏鉴。连我自己也诧异那时的我的幼稚，而且近乎不识羞。但是，有什么法子呢？这的确是我的影像，——由它去罢。

不过看起来也引起我一点回忆。例如最先的两篇，就是我故意删掉的。一篇是“雷锭”的最初的绍介，一篇是斯巴达的尚武精神的描写，但我记得自己那时的化学和历史的程度并没有这样高，所以大概总是从什么地方偷来的，不过后来无论怎么记，也再也记不起它们的老家；而且我那时初学日文，文法并未了然，就急于看书，看书并不很懂，就急于翻译，所以那内容也就可疑得很。而且文章又多么古怪，尤其是那一篇《斯巴达之魂》，现在看起来，自己也不免耳朵发热。但这是当时的风气，要激昂慷慨，顿挫抑扬，才能被称为好文章，我还记得“被发大叫，抱书独行，无泪可挥，大风灭烛”是大家传诵的警句。但我的文章里，也有受着严又陵的影响的，例如“涅伏”，就是“神经”的腊丁语的音译，这是现在恐怕只有我自己懂得的了。此后又受了章太炎先生的影响，古了起来，但这集子里却一篇也没有。

以后回到中国来，还给日报之类做了些古文，自己不记得究竟是什么了，霁云先生也找不出，我真觉得侥幸得很。

以后是抄古碑。再做就是白话；也做了几首新诗。我其实是不喜欢做新诗的——但也不喜欢做古诗——只因为那时诗坛寂寞，所以打打边鼓，凑些热闹；待到称为诗人的一出现，就洗手不作了。我更不喜欢徐志摩那样的诗，而他偏爱到各处投稿，《语丝》一出版，他也就来了，有人赞成他，登了出来，我就做了一篇杂感，和他开一通玩笑，使他不能来，他也果然不来了。这是我和后来的“新月派”积仇的第一步；《语丝》社同人中有几位也因此很不高兴我。不过不知道为什么没有收在《热风》里，漏落，还是故意删掉的呢，已经记不清，幸而这集子里有，那就是了。

只有几篇讲演，是现在故意删去的。我曾经能讲书，却不善于讲演，这已经是大可不必保存的了。而记录的人，或者为了方音的不同，听不很懂，于是漏落，错误；或者为了意见的不同，取舍因而不确，我以为要紧的，他并不记录，遇到空话，却详详细细记了一大通；有些则简直好像是恶意的捏造，意思和我所说的正是相反的。凡这些，我只好当作记录者自己的创作，都将它由我这里删掉。

我惭愧我的少年之作，却并不后悔，甚而至于还有些爱，这真好像是“乳犊不怕虎”，乱攻一通，虽然无谋，但自有天真存在。现在是比较的精细了，然而我又别有其不满于自己之处。我佩服会用拖刀计的老将黄汉升，但我爱莽撞的不顾利害而终于被部下偷了头去的张翼德；我却又憎恶张翼德型的不问青红皂白，抡板斧“排头砍去”的李逵，我因此喜欢张顺的将他诱进水里去，淹得他两眼翻白。

一九三四年十二月二十日夜，鲁迅记于上海之卓面书斋。

斯巴达之魂

西历纪元前四百八十年，波斯王泽耳士大举侵希腊。斯巴达王黎河尼佗将市民三百，同盟军数千，扼温泉门（德尔摩比勒）。敌由间道至。斯巴达将士殊死战，全军歼焉。兵气萧森，鬼雄昼啸，迨浦累皆之役，大仇斯复，迄今读史，犹懔懔有生气也。我今掇其逸事，贻我青年。呜呼！世有不甘自下于巾帼之男子乎？必有掷笔而起者矣。译者无文，不足摸拟其万一。噫，吾辱读者，吾辱斯巴达之魂！

依格那海上之曙色，潜入摩利逊之湾，衣驮第一峰之宿云，亦冉冉呈霁色。湾山之间，温泉门石垒之后，大无畏大无敌之希腊军，置黎河尼佗王麾下之七千希腊同盟军，露刃枕戈，以待天曙。而孰知波斯军数万，已乘深夜，得间道，拂晓而达衣驮山之绝顶。趁朝暾之瑟然，偷守兵之微睡。如长蛇赴壑，蜿蜒以逾峰后。

旭日最初之光线，今也闪闪射垒角，照此淋漓欲滴之碧血，其语人以昨日战争之烈兮。垒外死士之残甲累累成阜，上刻波斯文“不死军”三字，其示人以昨日敌军之败绩兮。然大军三百万，夫岂惩此败北，夫岂消其锐气。噫嘻，今日血战哉！血战哉！黎河尼佗终夜防御，以待袭来。然天既曙而敌竟杳，敌幕之乌，向初日而噪，众军大惧；而果也斥候于不及防之地，赍不及防之警报至。

有奢刹利人曰爱飞得者，以衣驮山中峰有他间道告敌；故敌军万余，乘夜进击，败佛雪守兵，而攻我军背。

咄咄危哉！大事去矣！警报戟脑，全军沮丧，退军之声，嚣嚣然挟飞尘以磅礴于军中。黎河尼佗爰集同盟将校，以议去留，佥谓守地既失，留亦徒然，不若退温泉门以为保护希腊将来计。黎河尼佗不复言，而徐告诸将曰，“希腊存亡，系此一战，有为保护将来计而思退者，其速去此。惟斯巴达人有‘一履战地，不胜则死’之国法，今惟决死！今惟决死战！余者其留意。”

于是而胚罗蓬诸州军三千退，而访嘻斯军一千退，而螺克烈军六百退，未退者惟剎司骇人七百耳。慨然偕斯巴达武士，誓与同生死，同苦战，同名誉，以留此危极凄极壮绝之旧垒。惟西蒲斯人若干，为反复无常之本国质，而被抑留于黎河尼佗。

嗟此斯巴达军，其数仅三百；然此大无畏大无敌之三百军，彼等曾临敌而笑，结怒欲冲冠之长发，以示一瞑不视之决志。黎河尼佗王，亦于将战之时，毅然谓得“王不死则国亡”之神诫；今无所迟疑，无所犹豫，同盟军既旋，乃向亚波罗神而再拜，从斯巴达之军律，舆榇以待强敌，以待战死。

呜呼全军，惟待战死。然有三人焉，王欲生之者也，其二为王戚，一则古名祭司之裔，曰豫言者息每卡而向以神诫告王者也。息每卡故侍王侧，王窃语之，彼固有家，然彼有子，彼不欲亡国而生，誓愿殉国以死，遂侃然谢王命。其二王戚，则均弱冠矣；正抚大好头颅，屹立阵头，以待进击。而孰意王召之至，全军肃肃，谨听王言。噫，二少年，今日生矣，意者其雀跃返国，聚父母亲友作再生之华筵耶！而斯巴达武士岂其然？噫，如是我闻，而王遂语，且熟视其乳毛未褪之颜。

王：“卿等知将死乎？”少年甲：“然，陛下。”王：“何以死？”甲：“不待言战死！战死！”王：“然而与卿等以最佳之战地，何如？”甲乙：“臣等固所愿。”王：“然则卿等持此书返国以报战状。”

异哉！王何心乎？青年愕然疑，肃肃全军，谛听谛听。而青年恍然悟，厉声答王曰，“王欲生我乎？臣以执盾至，不作寄书邮。”志决矣，示必死矣，不可夺矣。而王犹欲遣甲，而甲不奉诏；欲遣乙，而乙不奉诏。曰，“今日之战，即所以报国人也。”噫，不可夺矣。而王乃曰，“伟哉，斯巴达之武士！予复何言。”一青年退而谢王命之辱。飘飘大旗，荣光闪灼，于铄豪杰，鼓铸全军，诸君诸君，男儿死耳！

初日上，征尘起。睁目四顾，惟见如火如荼之敌军先锋队，挟三倍之势，潮鸣电掣以阵于斯巴达军后。然未挑战，未进击，盖将待第二第三队至也。斯巴达王以斯巴达军为第一队，刹司骇军次之，西蒲斯军殿；策马露刃，以速制敌。壮哉劲气亘天，踆乌退舍。未几惟闻“进击”一声，而金鼓忽大振于血碧沙晶之大战斗场里；此大无畏，大无敌之劲军，于左海右山，危不容足之峡间，与波斯军遇。呐喊格击，鲜血倒流，如鸣潮飞沫，奔腾喷薄于荒矶。不刹那顷，而敌军无数死于刃，无数落于海，无数蹂躏于后援。大将号令，指挥官叱咤，队长鞭遁者，鼓声盈耳哉。然敌军不敢迎此朱血涂附，日光斜射，愈增燿灿，而霍霍如旋风之白刃，大军一万，蜂涌至矣。然敌军不能撼此拥盾屹立，士气如山，若不动明王之大磐石。

然未与此战者，犹有斯巴达武士二人存也；以罹目疾故，远送之爱尔俾尼之邑。于郁郁闲居中，忽得战报。其一欲止，其一遂行。偕一仆以赴战场，登高远瞩，呐喊盈耳，踊跃三百，勇魂早浮动盘旋于战云黯淡处。然日光益烈，目不得瞬，徒促仆而问战状。

刃碎矣！镞尽矣！壮士歼矣！王战死矣！敌军猬集，欲劫王尸，而我军殊死战，咄咄……然危哉，危哉！其仆之言盖如是。嗟此壮士，热血滴沥于将盲之目，攘臂大跃，直趋战垒；其仆欲劝止，欲代死，而不可，而终不可。今也主仆联袂，大呼“我亦斯巴达武士”一声，以闯入层层乱军里。左顾王尸，右拂敌刃，而再而三；终以疲惫故，引入热血朱殷之垒后，而此最后决战之英雄队，遂向敌列战死之枕。噫，死者长已矣，而我闻其言：汝旅人兮，我从国法而战死，其告我斯巴达之同胞。

巍巍乎温泉门之峡，地球不灭，则终存此斯巴达武士之魂；而七百刹司骇人，亦掷头颅，洒热血，以分其无量名誉。此荣光纠纷之旁，犹记通敌卖国之奢刹利人爱飞得，降敌乞命之四百西蒲斯军。虽然，此温泉门一战而得无量光荣无量名誉之斯巴达武士间，乃亦有由爱尔俾尼目病院而生还者。

夏夜半阑，屋阴覆路，惟柝声断续，犬吠如豹而已。斯巴达府之山下，犹有未寝之家。灯光黯然，微透窗际。未几有一少妇，送老妪出，切切作离别语；旋铿然阖门，惨淡入闺里。孤灯如豆，照影成三；首若飞蓬，非无膏沐，盖将临蓐，默祝愿生刚勇强毅之丈夫子，为国民有所尽耳。时适万籁寥寂，酸风戛窗，脉脉无言，似闻叹息，忆征戍欤？梦沙场欤？噫，此美少妇而女丈夫也，宁有叹息事？叹息岂斯巴达女子事？惟斯巴达女子能支配男儿，惟斯巴达女子能生男儿。此非黎河尼佗王后格尔歌与夷国女王应答之言，而添斯巴达女子以万丈荣光者乎。噫，斯巴达女子宁知叹息事。

长夜未央，万籁悉死。噫，触耳膜而益明者何声欤？则有剥啄叩关者。少妇出问曰：“其克力泰士君乎？请以明日至。”应曰，“否否，予生还矣！”咄咄，此何人？此何人？时斜月残灯，交映其面，则温泉门战士其夫也。

少妇惊且疑。久之久之乃言曰：“何则……生还……污妾耳矣！我夫既战死，生还者非我夫，意其鬼雄欤。告母国以吉占兮，归者其鬼雄，愿归者其鬼雄。”

读者得勿疑非人情乎？然斯巴达固尔尔也。激战告终，例行国葬，烈士之毅魄，化无量微尘分子，随军歌激越间，而磅礴戟刺于国民脑筋里。而国民乃大呼曰，“为国民死！为国民死！”且指送葬者一人曰，“若夫为国民死，名誉何若！荣光何若！”而不然者，则将何以当斯巴达女子之嘉名？诸君不见下第者乎？泥金不来，妇泣于室，异感而同情耳。今夫也不良，二三其死，奚能勿悲，能勿怒？而户外男子曰，“涘烈娜乎？卿勿疑。予之生还也，故有理在。”遂推户脱扃，潜入室内，少妇如怨如怒，疾诘其故。彼具告之。且曰，“前以目疾未愈，不甘徒死。设今夜而有战地也，即洒吾血耳。”

少妇曰，“君非斯巴达之武士乎？何故其然，不甘徒死，而遽生还。则彼三百人者，奚为而死？噫嘻君乎！不胜则死，忘斯巴达之国法耶？以目疾而遂忘斯巴达之国法耶？‘愿汝持盾而归来，不然则乘盾而归来。’君习闻之……而目疾乃更重于斯巴达武士之荣光乎？来日之行葬式也，妾为君妻，得参其列。国民思君，友朋思君，父母妻子，无不思君。呜呼，而君乃生还矣！”

侃侃哉其言。如风霜疾来，袭击耳膜；懦夫懦夫，其勿言矣。而彼犹嗫嚅曰，“以爱卿故。”少妇拂然怒曰，“其诚言耶！夫夫妇之契，孰则不相爱者。然国以外不言爱之斯巴达武士，其爱其妻为何若？而三百人中，无一生还者何……君诚爱妾，曷不誉妾以战死者之妻。妾将娩矣，设为男子，弱也则弃之泰噶托士之谷；强也则忆温泉门之陈迹，将何以厕身于为国民死之同胞间乎？……君诚爱妾，愿君速亡，否则杀妾。呜呼，君犹佩剑，剑犹佩于君，使剑而有灵，奚不离其人？奚不为其人折？奚不断其人首？设其人知耻，奚不解剑？奚不以其剑战？奚不以其剑断敌人头？噫，斯巴达之武德其式微哉！妾辱夫矣，请伏剑于君侧。”

丈夫生矣，女子死耳。颈血上薄，其气魂魂，人或疑长夜之曙光云。惜也一应一答，一死一生，暮夜无知，伟影将灭。不知有慕涘烈娜之克力泰士者，虽遭投梭之拒，而未能忘情者也。是时也，彼乃潜行墙角以去。

初日瞳瞳，照斯巴达之郊外。旅客寒起，胥驻足于大逵。中有老人，说温泉门地形，杂以往事；昔也石垒，今也战场，絮絮不休止。噫，何为者？——则其间有立木存，上书曰：

“有捕温泉门堕落武士亚里士多德至者膺上赏。”

盖政府之令，而克力泰士所诉也。亚里士多德者，昔身受迅雷，以霁神怒之贤王，而其余烈，乃不能致一士之战死，咄咄不可解。

观者益众，聚讼嚣嚣。遥望斯巴达府，有一队少年军，鳌甲映旭日，闪闪若金蛇状。及大逵，析为二队，相背驰去，且抗声而歌曰：

“战哉！此战场伟大而庄严兮，尔何为遗尔友而生还兮？尔生还兮蒙大耻，尔母笞尔兮死则止！”

老人曰，“彼等其觅亚里士多德者欤……不闻抗声之高歌乎？此二百年前之军歌也，迄今犹歌之。”

而亚里士多德则何如？史不曰：浦累皆之战乎，世界大决战之一也，波斯军三十万，拥大将漠多尼之尸，如秋风吹落叶，纵横零乱于大漠。斯巴达鬼雄三百，则凭将军柏撒纽，以敌人颈血，一洗积年之殊怨。酸风夜鸣，薤露竞落，其窃告人生之脆者欤。初月相照，皎皎残尸，马迹之间，血痕犹湿，其悲婕尔飞神之不灵者欤。斯巴达军人，各觅其同胞至高至贵之遗骸，运于高原，将行葬式。不图累累敌尸间，有凛然僵卧者，月影朦胧，似曾相识。其一人大呼曰，“何战之烈也！噫，何不死于温泉门而死于此。”识者谁：克力泰士也。彼已为戍兵矣，遂奔告将军柏撒纽。将军欲葬之，以殉全军；而全军哗然，甚咎亚里士多德。将军乃演说于军中曰：“然则从斯巴达军人之公言，令彼无墓。然吾见无墓者之战死，益令我感，令我喜，吾益见斯巴达武德之卓绝。夫子勖哉，不见夫杀国人媚异族之奴隶国乎，为谍为伥又奚论？而我国则宁弃不义之余生，以偿既破之国法。嗟尔诸士，彼虽无墓，彼终有斯巴达武士之魂！”

克力泰士不觉卒然呼曰，“是因其妻涘烈娜以死谏！”阵云寂寂，响渡寥天；万目如炬，齐注其面。将军柏撒纽返问曰，“其妻以死谏？”

全军咽唾，耸听其说。克力泰士欲言不言，愧恧无地；然以不忍没女丈夫之轶事也，乃述颠末。将军推案起曰，“猗欤女丈夫……为此无墓者之妻立纪念碑则何如？”军容益庄，惟呼欢殷殷若春雷起。

斯巴达府之北，侑洛佗士之谷，行人指一翼然倚天者走相告曰，“此涘烈娜之碑也，亦即斯巴达之国！”

说 鈤

昔之学者曰："太阳而外，宇宙间殆无所有。"历纪以来，翕然从之；怀疑之徒，竟不可得。乃不谓忽有一不可思议之原质，自发光热，煌煌焉出现于世界，辉新世纪之曙光，破旧学者之迷梦。若能力保存说，若原子说，若物质不灭说，皆蒙极酷之袭击，跄踉倾欹，不可终日。由是而思想界大革命之风潮，得日益磅礴，未可知也！此新原质以何因缘，乃得发见？则不能不曰："X线（旧译透物电光）之赐。"

X线者，一八九五年顷，德人林达根所发明者也。其性质之奇异：若（一）贯通不透明体，（二）感写真干板，（三）与气体以导电性等。大惹学者之注意，谓X线外，当更有Y线，若Z线等者。相率覃思，冀获新质。乃果也驰运涅伏，必获报酬。翌年而法人勃克雷复有一大发见。

或曰，勃氏以厚黑纸二重，包写真干板，暴之日光，越一二日，略无感应，乃上置磷光体铀盐，欲再行实验，而天适晦，不得已姑纳机兜中，数日后检之，则不待日光，已感干板。勃氏大骇异，细测其理，知其力非借磷光，而铀之盐类，实自具一种类似X线之辐射线，爰名之曰铀线，生此种线之体曰剌伽刻佉夫体。此种物体所放射之线，则例以发见者之名名之曰勃克雷线。犹X线之亦名林达根线也。然铀线则无待器械电气之助，而自能放射，故较X线已大进步。

尔后研究益盛，学者涅伏中，均结种种Y线Z线之影。至一八九八年，休密德氏于钍之化合物中，亦发见林达根线。同时，法国巴黎工艺化学学校教授古篱夫人，于授业时，为空气传导之装置，偶于别及不兰（奥大利产之复杂矿物）中，见有类似X线之放射线，闪闪然光甚烈。亟告其夫古篱，研究之末，知含有铋化合物，其放射性凡四千倍于铀盐。以夫人生于坡兰德故，即以坡罗尼恩名之。既发表于世，学者大感谢，法国学士会院复酬以四千法郎，古篱夫妇益奋励，日事研究，遂于别及不兰中，又得一新原质曰鈤（Radium），符号为Ra。（按旧译Germanium曰鈤。然其音义于Radium尤惬，故篡取之，而Germanium则别立新名可耳。）

一八九九年，独比伦氏亦于别及不兰中得他种剌伽刻佉夫体，名曰爱客地恩。然其辐射性不及鈤。

坡罗尼恩与铋，爱客地恩与钍，鈤与钡，均有相似之性质。而其纯质，皆不可得。惟鈤则经古篱夫人辛苦经营，始得略纯粹者少许，测定分剂及光图，已确认为一新原质，其他则尚在疑似之间，或谓仅得保存其能力而已。

鈤盐类之水溶液，加以錏，或轻二硫，或錏二硫，不生沉淀。鈤硫养四或鈤炭养三，不溶解于水，其鈤绿二，则易溶于水，而不溶解于强盐酸及酒精中。利用此性，可于制铀之别及不兰残滓中，分析鈤质。然因性殊类钡，故钡恒羼杂其间，去钡之法，须先令成盐化物，溶于水中，再注酒精，即生沉淀，然终不免有钡少许，存留溶液内，反复至再，始得略纯之鈤盐。至于纯质，则迄今未能得也。且其量极稀，制铀残滓五千吨，所得鈤盐不及一启罗格兰，此三年间所取纯与不纯者，合计仅五百格兰耳。而有谓世界中全量恐已尽是者，其珍贵如此。故值亦綦昂，虽含钡甚多者，每一格兰，非三十五弗不能得。至古篱氏之最纯品，以世界惟一称者，亦仅如微尘大，积二万购之，犹不可得，其放射力则强于铀盐百万倍云。

此最纯品，即鈤绿二也。昨年古篱夫人化分其绿，令成银绿二，计其量，然后算得鈤之分剂为二百二十五。

多漠尔憁氏曾照以分光器，鈤之特有光图外，不复有他光图，亦为新原质之一证。鈤线虽多与X线同，而此外复有与玻璃陶器以褐色或革色，令银绿二复原，岩盐带色，染白纸，一昼夜间变黄磷为赤磷，及灭亡种子发芽力之种种性。又以色儿路多皿贮鈤盐（放射性强于铀线五千倍者），握掌中二时间，则皮肤被灼，今古篱氏伤痕历历犹未灭也。古篱氏曰："若有人入置纯鈤一密里格兰之室中，则当丧明焚身，甚或致死。"而加奈大之卢索夫氏，则谓纯鈤一格兰，足起一磅之重高及一呎。甚或有谓足击英国所有军舰，飞上英国第一高山辩那维之巅者，则维廉可洛克之言也。综观诸说，虽觉近夸，而放射力之强，亦可想见矣。尤奇者，其放射力，毫不假于外物，而自发于微小之本体中，与太阳无异。

鈤线亦若X线然，有贯通金属力，此外若纸木皮肉等，俱无所沮。然放射后，每为被贯通之物质所吸收，而力变弱，设以鈤线通过〇．〇〇二五密里之鈤箔，则强率变为其初之四十九％，再一次则又减为三十六％，二次以后，减率乃不如初之著矣。由是知鈤线决非单纯，有易被他物所吸收者，有强于贯通力者，其贯物而过也若滤分然。各放射线，析为数种，感写真干板之力强者，即贯通线也，其中复有善感眼之组织者，故虽瞑目不视，而仍见其所在。

鈤之奇性，犹不止是。有拔尔敦者，曾于暗室中，解包出鈤，忽闪闪然发青白色光，室中骤明，其纸裹亦受微光，良久不灭。是即副放射线，感写真干板之作用，亦与主放射同。盖鈤能本体发光，及与光于接近物体之二性质，宛如太阳与光于周围游星然。其能力之根源，竟不可测。

或曰勃克雷氏贮比较的纯鈤于管中，藏之衣底，六小时后，体上忽现焦灼痕，未几忽隐现于头腕间，不能指其定处。后古篱氏乃设法测其热度，法用热电柱，其一方接合点，置纯铜盐，他方接合点，置含铜盐六分一之锡盐。计算所生电流之强率，知置铜盐处之温度，高一度半。又以篷然测热器，测定〇．〇八格兰之纯鈤盐所生温度，一小时凡十四加罗厘；即一格兰所放射之热，每一小时凡百加罗厘以上也。其光与热，既非出于燃烧，亦无化学的变化，不知此多量能力，以何为根？如曰本体所自发欤，则昔所谓能力之原则者，不得不破。如曰由外围能力而发欤，则鈤必当有利用外围能力之性，而此能力之本性，又为吾人所未及知者也。

鈤线亦有与空气以导电性之性质，设有钢板及锌板各一，联以铜丝，两板间之空气，令鈤线通过之，则铜丝即生电流，与两板各浸于稀硫酸液中无稍异。盖鈤线能令气体为衣盎（集于两极间之电解质之总名），分出荷阴阳电气之部分，故气体之作用，遂与液体电解质同。鈤线中之易被他物吸收者，此性尤著。

从克尔格司管阴极发生之恺多图线，及林达根线，及鈤线，若受强磁力之作用，则进行必偏，设与鈤线成直角之方向，有磁力作用，则鈤线即越与磁力相对之左而行；然因鈤线非单纯者，故析出屈于磁力及不屈于磁力之种种线，进路各不相同，与日光过三棱玻璃而成七色无异。鈤线中之强于贯通力者，此性尤著，且因对于磁力之作用，故鈤线之大部分，遂含有荷阴电气而飞运极迅之微粒云。

被磁力而偏之鈤线中，既含有荷阴电之微粒，则以之投射于或物体，亦当得阴电。古篱夫妇曾用封蜡绝缘之导电体，投以鈤线，而确得阴电；又以同法绝缘之铜盐，因带阴电之微粒飞去，而荷阳电。此电气之集积量，每一平方密厘每一秒时凡得 4×19^{-12} 安培云。鈤线中带阴电之微粒，在强电场时，必偏其进行方向，即在一密厘有一万波的之强电场，则偏四生的许，此勃克雷氏所实证者也。

自鈤所发射微粒之速度，每秒凡 1.6×10^{10} 密厘，约当光速度之半，因此微粒之飞散，故鈤于一小时所失之能力额凡 4.4×10^{-6} 加罗厘，与前记之放出热量较，则觉甚微。又从鈤之表面一平方密厘所放射之微粒，其质量亦綦少，计每一格兰之飞散，约需十亿万年。准此，则其微粒之大，应为轻气原子三千分之一，是名电子。

电子说曰，“凡物质中，皆含原子，而原子中，复含电子，电子之于原子，犹原子之于物质也。此电子受四围之电气与磁气之感化，循环飞运，无有已时，凡诸物体，罔不如是，虽吾人类，亦由是成。然飞运迟速，则因物而异，鈤之电子，乃极速者，以过速故，有一部分，飞出体外，而光与热，自然发生，为辐射线。”然是说也，必电子自具物质构成之能，乃得秩然成理。不然，则纵调和之曰飞散极微，悠久之曰须无量载，而于物质不灭之说，则仍无救也。且创原子说者，非以是为至微极小，分割物质之达于究极者乎。电子说兴，知飞动之微点，实小于原子千分之一，乃不得不褫原子宇宙间小达极点之嘉名，以归电子，而原子说亡。

自X线之研究，而得鈤线；由鈤线之研究，而生电子说。由是而关于物质之观念，倏一震动，生大变象。最人涅伏，吐故纳新，败果既落，新葩欲吐，虽曰古篱夫人之伟功，而终当脱冠以谢十九世末之X线发见者林达根氏。

西历一九〇三年十月《浙江潮》第八期。

梦

很多的梦，趁黄昏起哄。
前梦才挤却大前梦时，后梦又赶走了前梦。
去的前梦黑如墨，在的后梦墨一般黑；
去的在的仿佛都说，“看我真好颜色。”
颜色许好，暗里不知；
而且不知道：说话的是谁？
暗里不知，身热头痛。
你来你来！明白的梦。

爱之神

一个小娃子，展开翅子在空中，
一手搭箭，一手张弓，
不知怎么一下，一箭射着前胸。
“小娃子先生，谢你胡乱栽培！
但得告诉我：我应该爱谁？”
娃子着慌，摇头说，“唉！
你是还有心胸的人，竟也说这宗话。
你应该爱谁，我怎么知道。
总之我的箭是放过了！
你要是爱谁，便没命的去爱他；
你要是谁也不爱，也可以没命的去自己死掉。”

桃　花

春雨过了，太阳又很好，随便走到园中。
桃花开在园西，李花开在园东。
我说，“好极了！桃花红，李花白。”
（没说，桃花不及李花白。）
桃花可是生了气，满面涨作“杨妃红”。
好小子！真了得！竟能气红了面孔？
我的话可并没得罪你，你怎的便涨红了面孔！
唉！花有花道理，我不懂。

《新青年》第四卷第五号。

他们的花园

小娃子，卷螺发，
银黄的面庞上还有微红，
　　——看他意思是正要活。
走出破大门，望见邻家：
他们大花园里，有许多好花。
用尽小心机，得了一朵百合；
又白又光明，像才下的雪。
好生拿了回家，映着面庞，分外映出血色；
苍蝇绕花飞鸣，乱在一屋子里——
“偏爱这不干净花，是胡涂孩子！”
忙看百合花，却已有几点蝇矢。
看不得；舍不得。
瞪眼望着天空，他更无话可说。
说不出话，想起邻家：
他们大花园里，有许多好花。

《新青年》第五卷第一号。

人与时

一人说，将来胜过现在。
一人说，现在远不及从前。
一人说，什么？
时道，你们都侮辱我的现在。
从前好的，自己回去。
将来好的，跟我前去。
这说什么的，
我不和你说什么。

《新青年》第五卷第一号。

渡河与引路

玄同兄：

两日前看见《新青年》五卷二号通信里面，兄有唐俟也不反对 Esperanto，以及可以一齐讨论的话；我于 Esperanto 固不反对，但也不愿讨论：因为我的赞成 Esperanto 的理由，十分简单，还不能开口讨论。

要问赞成的理由，便只是依我看来，人类将来总当有一种共同的言语；所以赞成 Esperanto。

至于将来通用的是否 Esperanto，却无从断定。大约或者便从 Esperanto 改良，更加圆满；或者别有一种更好的出现；都未可知。但现在既是只有这 Esperanto，便只能先学这 Esperanto。现在不过草创时代，正如未有汽船，便只好先坐独木小舟；倘使因为豫料将来当有汽船，便不造独木小舟，或不坐独木小舟，那便连汽船也不会发明，人类也不能渡水了。

然问将来何以必有一种人类共通的言语，却不能拿出确凿证据。说将来必不能有的，也是如此。所以全无讨论的必要；只能各依自己所信的做去就是了。

但我还有一个意见，以为学 Esperanto 是一件事，学 Esperanto 的精神，又是一件事。——白话文学也是如此。——倘若思想照旧，便仍然换牌不换货，才从“四目仓圣”面前爬起，又向“柴明华先师”脚下跪倒；无非反对人类进步的时候，从前是说 no，现在是说 ne；从前写作“咈哉”，现在写作“不行”罢了。所以我的意见，以为灌输正当的学术文艺，改良思想，是第一事；讨论 Esperanto，尚在其次，至于辨难驳诘，更可一笔勾消。

《新青年》里的通信，现在颇觉发达。读者也都喜看。但据我个人意见，以为还可酌减，只须将诚恳切实的讨论，按期登载；其他不负责任的随口批评，没有常识的问难，至多只要答他一回，此后便不必多说，省出纸墨，移作别用。例如见鬼，求仙，打脸之类，明明白白全是毫无常识的事情，《新青年》却还和他们反复辩论，对他们说“二五得一十”的道理，这功夫岂不可惜，这事业岂不可怜。

我看《新青年》的内容，大略不外两类：一是觉得空气闭塞污浊，吸这空气的人，将要完结了；便不免皱一皱眉，说一声“唉”。希望同感的人，因此也都注意，开辟一条活路。假如有人说这脸色声音，没有妓女的眉眼一般好看，唱小调一般好听，那是极确的真话；我们不必和他分辩，说是皱眉叹气，更为好看。和他分辩，我们就错了。一是觉得历来所走的路，万分危险，而且将到尽头；于是凭着良心，切实寻觅，看见别一条平坦有希望的路，便大叫一声说：“这边走好。”希望同感的人，因此转身，脱了危险，容易进步。假如有人偏向别处走，再劝一番，固无不可；但若仍旧不信，便不必拚命去拉，各走自己的路。因为拉得打架，不独于他无益，连自己和同感的人，也都耽搁了工夫。

耶稣说，见车要翻了，扶他一下。Nietzsche 说，见车要翻了，推他一下。我自然是赞成耶稣的话；但以为倘若不愿你扶，便不必硬扶，听他罢了。此后能够不翻，固然很好，倘若终于翻倒，然后再来切切实实的帮他抬。

老兄，硬扶比抬更为费力，更难见效。翻后再抬，比将翻便扶，于他们更为有益。

唐俟。十一月四日。

“说 不 出”

看客在戏台下喝倒采，食客在膳堂里发标，伶人厨子，无嘴可开，只能怪自己没本领。但若看客开口一唱戏，食客动手一做菜，可就难说了。

所以，我以为批评家最平稳的是不要兼做创作。假如提起一支屠城的笔，扫荡了文坛上一切野草，那自然是快意的。但扫荡之后，倘以为天下已没有诗，就动手来创作，便每不免做出这样的东西来：

宇宙之广大呀，我说不出；

父母之恩呀，我说不出；

爱人的爱呀，我说不出。

阿呀阿呀，我说不出！

这样的诗，当然是好的，——倘就批评家的创作而言。太上老君的《道德》五千言，开头就说“道可道非常道”，其实也就是一个“说不出”，所以这三个字，也就替得五千言。

呜呼，“王者之迹熄，而《诗》亡；《诗》亡，然后《春秋》作。”“予岂好辩哉？予不得已也！”

记"杨树达"君的袭来

今天早晨，其实时候是大约已经不早了。我还睡着，女工将我叫了醒来，说："有一个师范大学的杨先生，杨树达，要来见你。"我虽然还不大清醒，但立刻知道是杨遇夫君，他名树达，曾经因为邀我讲书的事，访过我一次的。我一面起来，一面对女工说："略等一等，就请罢。"

我起来看钟，是九点二十分。女工也就请客去了。不久，他就进来，但我一看很愕然，因为他并非我所熟识的杨树达君，他是一个方脸，淡赭色脸皮，大眼睛长眼梢，中等身材的二十多岁的学生风的青年。他穿着一件藏青色的爱国布（？）长衫，时式的大袖子。手上拿一顶很新的淡灰色中折帽，白的围带；还有一个采色铅笔的扁匣，但听那摇动的声音，里面最多不过是两三支很短的铅笔。

"你是谁？"我诧异的问，疑心先前听错了。

"我就是杨树达。"

我想：原来是一个和教员的姓名完全相同的学生，但也许写法并不一样。

"现在是上课时间，你怎么出来的？"

"我不乐意上课！"

我想：原来是一个孤行己意，随随便便的青年，怪不得他模样如此傲慢。

"你们明天放假罢……"

"没有，为什么？"

"我这里可是有通知的，……"我一面说，一面想，他连自己学校里的纪念日都不知道了，可见是已经多天没有上课，或者也许不过是一个假借自由的美名的游荡者罢。

“拿通知给我看。”

“我团掉了。”我说。

“拿团掉的我看。”

“拿出去了。”

“谁拿出去的？”

我想：这奇怪，怎么态度如此无礼？然而他似乎是山东口音，那边的人多是率直的，况且年青的人思想简单，……或者他知道我不拘这些礼节：这不足为奇。

“你是我的学生么？”但我终于疑惑了。

“哈哈哈，怎么不是。”

“那么，你今天来找我干什么？”

“要钱呀，要钱！”

我想：那么，他简直是游荡者，荡窘了，各处乱钻。

“你要钱什么用？”我问。

“穷呀，要吃饭不是总要钱吗？我没有饭吃了！”他手舞足蹈起来。

“你怎么问我来要钱呢？”

“因为你有钱呀。你教书，做文章，送来的钱多得很。”他说着，脸上做出凶相，手在身上乱摸。

我想：这少年大约在报章上看了些什么上海的恐吓团的记事，竟模仿起来了，还是防着点罢。我就将我的坐位略略移动，豫备容易取得抵抗的武器。

“钱是没有。”我决定的说。

“说谎！哈哈哈，你钱多得很。”

女工端进一杯茶来。

“他不是很有钱么？”这少年便问她，指着我。

女工很惶窘了，但终于很怕的回答："没有。"

"哈哈哈，你也说谎！"

女工逃出去了。他换了一个坐位，指着茶的热气，说：

"多么凉。"

我想：这意思大概算是讥刺我，犹言不肯将钱助人，是凉血动物。

"拿钱来！"他忽而发出大声，手脚也愈加舞蹈起来，"不给钱是不走的！"

"没有钱。"我仍然照先的说。

"没有钱？你怎么吃饭？我也要吃饭。哈哈哈哈。"

"我有我吃饭的钱，没有给你的钱。你自己挣去。"

"我的小说卖不出去。哈哈哈！"

我想：他或者投了几回稿，没有登出，气昏了。然而为什么向我为难呢？大概是反对我的作风的。或者是有些神经病的罢。

"你要做就做，要不做就不做，一做就登出，送许多钱，还说没有，哈哈哈哈。晨报馆的钱已经送来了罢，哈哈哈。什么东西！周作人，钱玄同；周树人就是鲁迅，做小说的，对不对？孙伏园；马裕藻就是马幼渔，对不对？陈通伯，郁达夫。什么东西！ Tolstoi，Andreev，张三，什么东西！哈哈哈，冯玉祥，吴佩孚，哈哈哈。"

"你是为了我不再向晨报馆投稿的事而来的么？"但我又即刻觉到我的推测有些不确了，因为我没有见过杨遇夫马幼渔在《晨报副镌》上做过文章，不至于拉在一起；况且我的译稿的稿费至今还没有着落，他该不至于来说反话的。

"不给钱是不走的。什么东西，还要找！还要找陈通伯去。我就要找你的兄弟去，找周作人去，找你的哥哥去。"

我想：他连我的兄弟哥哥都要找遍，大有恢复灭族法之意了，的确古人的凶心都遗传在现在的青年中。我同时又觉得这意思有些可笑，就自己微笑起来。

“你不舒服罢？”他忽然问。

“是的，有些不舒服，但是因为你骂得不中肯。”

“我朝南。”他又忽而站起来，向后窗立着说。

我想：这不知道是什么意思。

他忽而在我的床上躺下了。我扯开窗幔，使我的佳客的脸显得清楚些，以便格外看见他的笑貌。他果然有所动作了，是使他自己的眼角和嘴角都颤抖起来，以显示凶相和疯相，但每一抖都很费力，所以不到十抖，脸上也就平静了。

我想：这近于疯人的神经性痉挛，然而颤动何以如此不调匀，牵连的范围又何以如此之大，并且很不自然呢？——一定，他是装出来的。

我对于这杨树达君的纳罕和相当的尊重，忽然都消失了，接着就涌起要呕吐和沾了龌龊东西似的感情来。原来我先前的推测，都太近于理想的了。初见时我以为简率的口调，他的意思不过是装疯，以热茶为冷，以北为南的话，也不过是装疯。从他的言语举动综合起来，其本意无非是用了无赖和狂人的混合状态，先向我加以侮辱和恫吓，希图由此传到别个，使我和他所提出的人们都不敢再做辩论或别样的文章。而万一自己遇到困难的时候，则就用“神经病”这一个盾牌来减轻自己的责任。但当时不知怎样，我对于他装疯技术的拙劣，就是其拙至于使我在先觉不出他是疯人，后来渐渐觉到有些疯意，而又立刻露出破绽的事，尤其抱着特别的反感了。

他躺着唱起歌来。但我于他已经毫不感到兴味，一面想，自己竟受了这样浅薄卑劣的欺骗了，一面却照了他的歌调吹着口笛，借此嘘出我心中的厌恶来。

“哈哈哈！”他翘起一足，指着自己鞋尖大笑。那是玄色的深梁的布鞋，裤是西式的，全体是一个时髦的学生。

我知道，他是在嘲笑我的鞋尖已破，但已经毫不感到什么兴味了。

他忽而起来，走出房外去，两面一看，极灵敏地找着了厕所，小解了。我跟在他后面，也陪着他小解了。

我们仍然回到房里。

“吓！什么东西！……”他又要开始。

我可是有些不耐烦了，但仍然恳切地对他说：

“你可以停止了。我已经知道你的疯是装出来的。你此来也另外还藏着别的意思。如果是人，见人就可以明白的说，无须装怪相。还是说真话罢，否则，白费许多工夫，毫无用处的。”

他貌如不听见，两手搂着裤裆，大约是扣扣子，眼睛却注视着壁上的一张水彩画。过了一会，就用第二个指头指着那画大笑：

“哈哈哈！”

这些单调的动作和照例的笑声，我本已早经觉得枯燥的了，而况是假装的，又如此拙劣，便愈加看得烦厌。他侧立在我的前面，我坐着，便用了曾被讥笑的破的鞋尖一触他的胫骨，说：

“已经知道是假的了，还装甚么呢？还不如直说出你的本意来。”

但他貌如不听见，徘徊之间，突然取了帽和铅笔匣，向外走去了。

这一着棋是又出于我的意外的，因为我还希望他是一个可以理喻，能知惭愧的青年。他身体很强壮，相貌很端正。Tolstoi 和 Andreev 的发音也还正。

我追到风门前，拉住他的手，说道，“何必就走，还是自己说出本意来罢，我可以更明白些……”他却一手乱摇，终于闭了眼睛，拼两手向我一挡，手掌很平的正对着我：他大概是懂得一点国粹的拳术的。

他又往外走。我一直送到大门口，仍然用前说去固留，而他推而且挣，终于挣出大门了。他在街上走得很傲然，而且从容地。

这样子，杨树达君就远了。

我回进来，才向女工问他进来时候的情形。

“他说了名字之后，我问他要名片，他在衣袋里掏了一会，说道，‘阿，名片忘了，还是你去说一声罢。’笑嘻嘻，一点不像疯的。”女工说。

我愈觉得要呕吐了。

然而这手段却确乎使我受损了，——除了先前的侮辱和恫吓之外。我的女工从此就将门关起来，到晚上听得打门声，只大叫是谁，却不出去，总须我自己去开门。我写完这篇文字之间，就放下了四回笔。

“你不舒服罢？”杨树达君曾经这样问过我。

是的，我的确不舒服。我历来对于中国的情形，本来多已不舒服的了，但我还没有预料到学界或文界对于他的敌手竟至于用了疯子来做武器，而这疯子又是假的，而装这假疯子的又是青年的学生。

一九二四年十一月十三日夜。

关于杨君袭来事件的辩正

一

今天有几位同学极诚实地告诉我，说十三日访我的那一位学生确是神经错乱的，十三日是发病的一天，此后就加重起来了。我相信这是真实情形，因为我对于神经患者的初发状态没有实见和注意研究过，所以很容易有看错的时候。

现在我对于我那记事后半篇中神经过敏的推断这几段，应该注销。但以为那记事却还可以存在：这是意外地发露了人对人——至少是他对我和我对他——互相猜疑的真面目了。

当初，我确是不舒服，自己想，倘使他并非假装，我即不至于如此恶心。现在知道是真的了，却又觉得这牺牲实在太大，还不如假装的好。然而事实是事实，还有什么法子呢？

我只能希望他从速回复健康。

十一月二十一日。

二

伏园兄：

今天接到一封信和一篇文稿，是杨君的朋友，也是我的学生做的，真挚而悲哀，使我看了很觉得惨然，自己感到太易于猜疑，太易于愤怒。他已经陷入这样的境地了，我还可以不赶紧来消除我那对于他的误解么？

所以我想，我前天交出的那一点辩正，似乎不够了，很想就将这一篇在《语丝》第三期上给他发表。但纸面有限，如果排工有工夫，我极希望增刊两板（大约此文两板还未必容得下），也不必增价，其责任即由我负担。

由我造出来的酸酒，当然应该由我自己来喝干。

鲁迅。十一月二十四日。

烽话五则

父子们冲突着。但倘用神通将他们的年纪变成约略相同，便立刻可以像一对志同道合的好朋友。

伶俐人叹“人心不古”时，大抵是他的巧计失败了；但老太爷叹“人心不古”时，则无非因为受了儿子或姨太太的气。

电报曰：天祸中国。天曰：委实冤枉！

精神文明人作飞机论曰：较之灵魂之自在游行，一钱不值矣。写完，遂率家眷移入东交民巷使馆界。

倘诗人睡在烽火旁边，听得烘烘地响时，则烽火就是听觉。但此说近于味觉，因为太无味。然而无为即无不为，则无味自然就是至味了。对不对？

“音　乐”？

夜里睡不着，又计划着明天吃辣子鸡，又怕和前回吃过的那一碟做得不一样，愈加睡不着了。坐起来点灯看《语丝》，不幸就看见了徐志摩先生的神秘谈，——不，“都是音乐”，是听到了音乐先生的音乐：“……我不仅会听有音的乐，我也会听无音的乐（其实也有音就是你听不见）。我直认我是一个甘脆的 Mystic。我深信……”

此后还有什么什么“都是音乐”云云，云云云云。总之：“你听不着就该怨你自己的耳轮太笨或是皮粗”！

我这时立即疑心自己皮粗，用左手一摸右胳膊，的确并不滑；再一摸耳轮，却摸不出笨也与否。然而皮是粗定了；不幸而“拊不留手”的竟不是我的皮，还能听到什么庄周先生所指教的天籁地籁和人籁。但是，我的心还不死，再听罢，仍然没有，——阿，仿佛有了，像是电影广告的军乐。呸！错了。这是“绝妙的音乐”么？再听罢，没……唔，音乐，似乎有了：

“……慈悲而残忍的金苍蝇，展开馥郁的安琪儿的黄翅，唵，颉利，弥缚谛弥谛，从荆芥萝卜玎琤淴洋的彤海里起来。Br-rrrtatata tahi tal 无终始的金刚石天堂的娇袅鬼茱萸，蘸着半分之一的北斗的蓝血，将翠绿的忏悔写在腐烂的鹦哥伯伯的狗肺上！你不懂么？咄！吁，我将死矣！婀娜涟漪的天狼的香而秽恶的光明的利镞，射中了塌鼻阿牛的妖艳光滑蓬松而冰冷的秃头，一匹黯黮欢愉的瘦螳螂飞去了。哈，我不死矣！无终……”

危险，我又疑心我发热了，发昏了，立刻自省，即知道又不然。这不过是一面想吃辣子鸡，一面自己胡说八道；如果是发热发昏而听到的音乐，一定还要神妙些。并且其实连电影广告的军乐也没有听到，倘说是幻觉，大概也不过自欺之谈，还要给粗皮来粉饰的妄想。我不幸终于难免成为一个苦韧的非 Mystic 了，怨谁呢。只能恭颂志摩先生的福气大，能听到这许多“绝妙的音乐”而已。但倘有不知道自怨自艾的人，想将这位先生“送进疯人院”去，我可要拚命反对，尽力呼冤的，——虽然将音乐送进音乐里去，从甘脆的 Mystic 看来并不算什么一回事。

然而音乐又何等好听啊，音乐呀！再来听一听罢，可惜而且可恨，在檐下已有麻雀儿叫起来了。

咦，玲珑零星邦滂砰珉的小雀儿呵，你总依然是不管甚么地方都飞到，而且照例来唧唧啾啾地叫，轻飘飘地跳么？然而这也是音乐呀，只能怨自己的皮粗。

只要一叫，而人们大抵震悚的怪鸱的真的恶声在那里！？

我来说“持中”的真相

风闻有我的老同学玄同其人者，往往背地里褒贬我，褒固无妨，而又有贬，则岂不可气呢？今天寻出漏洞，虽然与我无干，但也就来回敬一箭罢：报仇雪恨，《春秋》之义也。

他在《语丝》第二期上说，有某人挖苦叶名琛的对联“不战，不和，不守；不死，不降，不走。”大概可以作为中国人“持中”的真相之说明。我以为这是不对的。

夫近乎“持中”的态度大概有二：一者“非彼即此”，二者“可彼可此”也。前者是无主意，不盲从，不附势，或者别有独特的见解；但境遇是很危险的，所以叶名琛终至于败亡，虽然他不过是无主意。后者则是“骑墙”，或是极巧妙的“随风倒”了，然而在中国最得法，所以中国人的“持中”大概是这个。倘改篡了旧对联来说明，就该是：

“似战，似和，似守；似死，似降，似走。”

于是玄同即应据精神文明法律第九万三千八百九十四条，治以“误解真相，惑世诬民”之罪了。但因为文中用有“大概”二字，可以酌给末减：这两个字是我也很喜欢用的。

咬嚼之余

我的一篇《咬文嚼字》的“滥调”，又引起小麻烦来了，再说几句罢。

我那篇的开首说：“以摆脱传统思想之束缚……”

第一回通信的某先生似乎没有看见这一句，所以多是枝叶之谈，况且他大骂一通之后，即已声明不管，所以现在也不在话下。

第二回的潜源先生的通信是看见那一句的了，但意见和我不同，以为都非不能“摆脱传统思想之束缚……”。各人的意见，当然会各式各样的。

他说女名之所以要用“轻靓艳丽”字眼者，（一）因为“总常想知道他或她的性别”。但我却以为这“常想”就是束缚。小说看下去就知道，戏曲是开首有说明的。（二）因为便当，譬如托尔斯泰有一个女儿叫作 Elizabeth Tolstoi，全译出来太麻烦，用“妥妳丝苔”就明白简单得多。但假如托尔斯泰还有两个女儿，叫作 Mary Tolstoi et Hilda Tolstoi，即又须别想八个“轻靓艳丽”字样，反而麻烦得多了。

他说 Go 可译郭，Wi 可译王，Ho 可译何，何必故意译做“各”“旺”“荷”呢？再者，《百家姓》为什么不能有伟力？但我却以为译“郭”“王”“何”才是“故意”，其游魂是《百家姓》；我之所以诧异《百家姓》的伟力者，意思即见前文的第一句中。但来信又反问了，则又答之曰：意思即见前文第一句中。

再说一遍罢，我那篇的开首说：“以摆脱传统思想之束缚……。”所以将翻译当作一种工具，或者图便利，爱折中的先生们是本来不在所讽的范围之内的。两位的通信似乎于这一点都没有看清楚。

末了，我对于潜源先生的“末了”的话，还得辩正几句。

（一）我自己觉得我和三苏中之任何一苏，都绝不相类，也不愿意比附任何古人，或者“故意”凌驾他们。倘以某古人相拟，我也明知是好意，但总是满身不舒服，和见人使 Gorky 姓高相同。（二）其实《呐喊》并不风行，其所以略略流行于新人物间者，因为其中的讽刺在表面上似乎大抵针对旧社会的缘故，但使老先生们一看，恐怕他们也要以为“吹敲”“苛责”，深恶而痛绝之的。（三）我并不觉得我有“名”，即使有之，也毫不想因此而作文更加郑重，来维持已有的名，以及别人的信仰。纵使别人以为无聊的东西，只要自己以为有聊，且不被暗中禁止阻碍，便总要发表曝露出来，使厌恶滥调的读者看看，可以从速改正误解，不相信我。因为我觉得我若专讲宇宙人生的大话，专刺旧社会给新青年看，希图在若干人们中保存那由误解而来的“信仰”，倒是“欺读者”，而于我是苦痛的。

一位先生当面，一位通信，问我《现代评论》里面的一篇《鲁迅先生》，为什么没有了。我一查，果然，只剩了前面的《苦恼》和后面的《破落户》，而本在其间的《鲁迅先生》确乎没有了。怕还有同样的误解者，我在此顺便声明一句：我一点不知道为什么。

假如我说要做一本《妥妳丝荅传》，而暂不出版，人便去质问托尔斯泰的太太或女儿，我以为这办法实在不很对，因为她们是不会知道我所玩的是什么把戏的。

一月二十日。

一九二五年《京报副刊》第四十四号。

“无聊的通信”

伏园先生：

自从先生出了征求“青年爱读书十部”的广告之后，《京报副刊》上就登了关于这类的许多无聊的通信；如“年青妇女是否可算‘青年’”之类。这样无聊的文字，这样简单的脑筋，有登载的价值么？除此，还有前天的副刊上载有鲁迅先生的《咬文嚼字》一文，亦是最无聊的一种，亦无登载的必要！《京报副刊》的篇幅是有限的，请先生宝贵它吧，多登些有价值的文字吧！兹寄上一张征求的表请收下。

十三，仲潜。

回复“无聊的通信”

凡记者收到外间的来信，看完以后认为还有再给别人看看的必要，于是在本刊上发表了。例如廖仲潜先生这封信，我也认为有公开的价值，虽然或者有人（也许连廖先生自己）要把它认为“无聊的通信”。我发表“青年二字是否连妇女也包括在内？”的李君通信，是恐怕读者当中还有像李君一般怀疑的，看了我的答案可以连带的明白了。关于这层我没有什么其他的答辩。至于鲁迅先生的《咬文嚼字》，在记者个人的意见，是认为极重要极有意义的文字的，所以特用了二号字的标题，四号字的署名，希望读者特别注意。因为鲁迅先生所攻击的两点，在记者也以为是晚近翻译界堕落的征兆，不可不力求改革的。中国从翻译印度文字以来，似乎数千年中还没有人想过这样的怪思想，以为女人的名字应该用美丽的字眼，男人的名字的第一音应该用《百家姓》中的字，的确是近十年来的人发明的（这种办法在严几道时代还未通行），而近十年来的翻译文字的错误百出也可以算得震铄前古的了。至于这两点为什么要攻击，只要一看鲁迅先生的讽刺文字就会明白。他以中国“周家的小姐不另姓绸”去映衬有许多人用“玛丽亚”，“婀娜”，“娜拉”这些美丽字眼译外国女人名字之不当，以“吾家 rky”一语去讥讽有许多人将无论那一国的人名硬用《百家姓》中的字作第一音之可笑，只这两句话给我们的趣味已经够深长够浓厚了，而廖先生还说它是“最无聊”的文字么？最后我很感谢廖先生热心的给我指导，还很希望其他读者如对于副刊有什么意见时不吝赐教。

伏园敬复。

一九二五年一月十五日《京报副刊》。

关于《咬文嚼字》

伏园先生：

我那封短信，原系私人的通信，应无发表的必要；不过先生认为有公开的价值，就把它发表了。但因此那封信又变为无聊的通信了，岂但无聊而已哉，且恐要惹起许多无聊的是非来，这个挑拨是非之责，应该归记者去担负吧！所以如果没有彼方的答辩则已；如有，我可不理了。至于《咬文嚼字》一文，先生认为原意中攻击的两点是极重要且极有意义的，我不无怀疑之点：A，先生照咬文嚼字的翻译看起来，以为是晚近翻译界堕落的征兆。为什么是堕落？我不明白。你以为女人的名字应该用美丽的字眼，男人的名字的第一音应该用《百家姓》中的字，是近来新发明的，因名之曰怪思想么？但我要问先生认它为“堕落”的，究竟是不是“怪思想”？我以为用美丽的字眼翻译女性的名字是翻译者完全的自由与高兴，无关紧要的；虽是新发明，却不是堕落的征兆，更不是怪思想！ B，外国人的名是在前，姓是在后。“高尔基”三个音连成的字，是 Gorky 的姓，并不是他就是姓“高”；不过便于中国人的习惯及记忆起见，把第一音译成一个相似的中国姓，或略称某氏以免重复的累赘底困难。如果照中国人的姓名而认他姓高，则尔基就变成他的名字了？岂不是笑话吗！又如，Wilde 可译为王尔德，可译魏尔德，又可译为樊尔德，然则他一人姓了王又姓魏又姓樊，此理可说的通吗？可见所谓“吾家 rky”者，我想，是鲁迅先生新发明的吧！不然，就是说“吾家 rky”的人，根本不知“高尔基”三音连合的字是他原来的姓！因同了一个“高”字，就贸贸然称起吾家还加上 rky 来，这的确是新杜撰的滑稽话！却于事实上并无滑稽的毫末，只惹得人说他无意思而已，说他是门外汉而已，说他是无聊而已！先生所谓够深长够浓厚极重要极有意义的所在，究竟何所而在？虽然，记者有记者个人的意见，有记者要它发表不发表的权力，所以二号字的标题与四号字的署名，就刊出来了。最后我很感谢先生上次的盛意并希望先生个人认为很有意思的文字多登载几篇。还有一句话：将来如有他方面的各种的笔墨官司打来，恕我不再来答辩了，不再来凑无聊的热闹了。

此颂撰安。

十六，弟仲潜敬复。

回复：关于《咬文嚼字》

"高尔基三个音连成的字，是 Gorky 的姓，并不是他就姓高"，廖先生这句话比鲁迅先生的文字更有精采。

可惜这句话不能天天派一个人对读者念着，也不能叫翻译的人在篇篇文章的原著者下注着"高尔基不姓高，王尔德不姓王，白利欧不姓白……"廖先生这篇通信登过之后不几天，廖先生这句名言必又被人忘诸脑后了。所以，鲁迅先生的讽刺还是重要，如果翻译界的人被鲁迅先生的"吾家尔基"一语刺得难过起来，竟毅然避去《百家姓》中之字而以声音较近之字代替了（如哥尔基，淮尔德，勃利欧……），那末阅者一望而知"三个音连成的字是姓，第一音不是他的姓"，不必有烦廖先生的耳提面命了。不过这样改善以后，其实还是不妥当，所以用方块儿字译外国人名的办法，其寿命恐怕至多也不过还有五年，进一步是以注音字母译（钱玄同先生等已经实行了，昨天记者遇见钱先生，他就说即使第一音为《百家姓》中的字之办法改良以后，也还是不妥），再进一步是不译，在欧美许多书籍的原名已经不译了，主张不译人名即使在今日的中国恐怕也不算过激罢。

伏园附注。

一九二五年一月十八日《京报副刊》。

《咬文嚼字》是“滥调”

伏园先生：

鲁迅先生《咬文嚼字》一篇，在我看来，实在毫无意义。仲潜先生称它为“最无聊”之作，极为得体。不料先生在仲潜先生信后的附注，对于这“最无聊”三字大为骇异，并且说鲁迅先生所举的两种，为翻译界堕落的现象，这真使我大为骇异了。

我们对于一个作家或小说戏剧上的人名，总常想知道他或她的性别（想知道性别，并非主张男女不平等）。

在中国的文字上，我们在姓底下有“小姐”“太太”或“夫人”，若把姓名全写出来，则中国女子的名字，大多有“芳”“兰”“秀”等等“轻靓艳丽”的字眼。周家的姑娘可以称之为周小姐，陈家的太太可以称之为陈太太，或者称为周菊芳陈兰秀亦可。从这些字样中，我们知道这个人物是女性。在外国文字中可就不同了。外国人的姓名有好些 Syllables 是极多的，用中文把姓名全译出来非十数字不可，这是何等惹人讨厌的事。年来国内人对于翻译作品之所以比较创造作品冷淡，就是因为翻译人名过长的缘故（翻译作品之辞句不顺口，自然亦是原因中之一）。假如托尔斯泰有一个女叫作 Elizabeth Tolstoi，我们全译出来，成为“托尔斯泰伊丽沙白”八字，何等麻烦。又如有一个女子叫作 Mary Hilda Stuwart，我们全译出来，便成为“玛丽海尔黛司徒渥得”也很讨厌。但是我们又不能把这些名字称为托尔斯泰小姐或司徒渥得夫人，因为这种六个字的称呼，比起我们看惯了周小姐陈太太三字的称呼多了一半，也不方便。没法，只得把名字删去，“小姐”，“太太”也省略，而用“妥妳丝苔”

译 Elizabeth Tolstoi，用“丝图娃德”译 Mary Hilda Stuwart，这诚是不得已之举。至于说为适合中国人的胃口，故意把原名删去，有失原意的，那末，我看根本外国人的名字，便不必译，直照原文写出来好。因为中国人能看看不惯的译文，多少总懂得点洋文的。鲁迅先生此举诚未免过于吹毛求疵？

至于用中国姓译外国姓，我看也未尝不可以。假如 Gogol 的 Go 可以译做郭，Wilde 的 wi 可以译做王，Holz 的 Ho 可以译做何，我们又何必把它们故意译做“各”“旺”“荷”呢？再者，《百家姓》为什么不能有伟力？

诚然，国内的翻译界太糟了，太不令人满意了！翻译界堕落的现象正多，却不是这两种。伏园先生把它用二号字标题，四号字标名，也算多事，气力要卖到大地方去，却不可做这种吹敲的勾当。

末了，我还要说几句：鲁迅先生是我所佩服的。讥刺的言辞，尖锐的笔锋，精细的观察，诚可引人无限的仰慕。《呐喊》出后，虽不曾名噪天下，也名噪国中了。

他的令弟启明先生，亦为我崇拜之一人。读书之多，令人惊叹。《自己的园地》为国内文艺界一朵奇花。我尝有现代三周（还有一个周建人先生），驾乎从前三苏之慨。

不过名人名声越高，作品也越要郑重。若故意纵事吹敲或失之苛责，不免带有失却人信仰的危险。而记者先生把名人的“滥调”来充篇幅，又不免带有欺读者之嫌。冒犯，恕罪！顺祝健康。

潜源。

一月十七日于唐山大学。

回复：《咬文嚼字》是“滥调”

鲁迅先生的那篇《咬文嚼字》，已有两位“潜”字辈的先生看了不以为然，我猜想青年中这种意见或者还多，那么这篇文章不是

“滥调”可知了。你也会说，我也会说，我说了你也同意，你说了他也说这不消说：那是滥调。鲁迅先生那两项主张，在簇新头脑的青年界中尚且如此通不过去，名为滥调，是冤枉了，名为最无聊，那更冤枉了。记者对于这项问题，是加入讨论的一人，自知态度一定不能公平，所以对于“潜”字辈的先生们的主张，虽然万分不以为然，也只得暂且从缓答辩。好在超于我们的争论点以上，还有两项更高一层的钱玄同先生的主张，站在他的地位看我们这种争论也许是无谓已极，无论谁家胜了也只赢得“不妥”二字的考语罢了。

伏园附注。

一九二五年一月二十日《京报副刊》。

咬嚼未始“乏味”

对于四日副刊上潜源先生的话再答几句：

一，原文云：想知道性别并非主张男女不平等。答曰：是的。但特别加上小巧的人工，于无须区别的也多加区别者，又作别论。从前独将女人缠足穿耳，也可以说不过是区别；现在禁止女人剪发，也不过是区别，偏要逼她头上多加些“丝苔”而已。

二，原文云：却于她字没有讽过。答曰：那是译 She 的，并非无风作浪。即不然，我也并无遍讽一切的责任，也不觉得有要讽草头丝旁，必须从讽她字开头的道理。

三，原文云：“常想”真是“传统思想的束缚”么？答曰：是的，因为“性意识”强。这是严分男女的国度里必有的现象，一时颇不容易脱体的，所以正是传统思想的束缚。

四，原文云：我可以反问：假如托尔斯泰有两兄弟，我们不要另想几个“非轻靓艳丽”的字眼么？答曰：断然不必。我是主张连男女的姓也不要妄加分别的，这回的辩难一半就为此。怎么忽然又忘了？

五，原文云：赞成用郭译 Go……习见故也。答曰：“习见”和“是”毫无关系。中国最习见的姓是“张王李赵”。《百家姓》的第一句是“赵钱孙李”，“潜”字却似乎颇不习见，但谁能说“钱”是而“潜”非呢？

六，原文云：我比起三苏，是因为“三”字凑巧，不愿意，“不舒服”，马上可以去掉。答曰：很感谢。我其实还有一个兄弟，早死了。否则也要防因为“四”字“凑巧”，比起“四凶”，更加使人着急。

一九二五年二月十日《京报副刊》第五十七号。

咬嚼之乏味

潜　源

当我看《咬文嚼字》那篇短文时，我只觉得这篇短文无意义，其时并不想说什么。后来伏园先生在仲潜先生信后的附注中，把这篇文字大为声张，说鲁迅先生所举的两点是翻译界堕落的现象，所以用二号字标题，四号字标名；并反对在我以为“极为得体”的仲潜先生的“最无聊”三字的短评。因此，我才写信给伏园先生。

在给伏园先生的信中，我说过：“气力要卖到大地方去，却不可从事吹敲，”“记者先生用二号字标题，四号字标名，也是多事，”几句话。我的意思是：鲁迅先生所举的两点是翻译界极小极小的事，用不着去声张做势；翻译界可论的大事正多着呢，何不到那去卖气力？（鲁迅先生或者不承认自己声张，然伏园先生却为之声张了。）就是这两点极小极小的事，我也不能迷信“名人说话不会错的”而表示赞同，所以后面对于这两点加以些微非议。在未入正文之先，我要说几句关于“滥调”的话。

实在，我的“滥调”的解释与普通一般的解释有点不同。在“滥调”二字旁，我加了“”，表示它的意义是全属于字面的（Literal）。即是指“无意义的论调”或直指“无聊的论调”亦可。伏园先生与江震亚先生对于“滥调”二字似乎都有误解，故顺便提及。

现在且把我对于鲁迅先生《咬嚼之余》一篇的意见说说。

先说第一点吧：鲁迅先生在《咬嚼之余》说，“我那篇开首说：‘以摆脱传统思想之束缚……’……两位的通信似乎于这一点都没有看清楚。”于是我又把《咬文嚼字》再看一遍。的确，我看清楚了。那篇开首明明写着“以摆脱传统思想的束缚而来主张男女平等的男人，却……”，那面的意思即是：主张男女平等的男人，即已摆脱传统思想的束缚了，我在前次通信曾说过，“加些草头，女旁，丝旁”“来译外国女人的姓氏”，是因为我们想知道他或她的性别，然而知道性别并非主张男女不平等（鲁迅先生对于此点没有非议）。

那末，结论是，用“轻靓艳丽”的字眼译外国女人名，既非主张男女不平等，则其不受传统思想的束缚可知。糟就糟在我不该在“想”字上面加个“常”字，于是鲁迅先生说，“‘常想’就是束缚”。“常想”真是“束缚”吗？是“传统思想的束缚”吗？

口吻太“幽默”了，我不懂。“小说看下去就知道，戏曲是开首有说明的。”作家的姓名呢？还有，假如照鲁迅先生的说法，数年前提倡新文化运动的人们特为“创”出一个“她”字来代表女人，比“想”出“轻靓艳丽”的字眼来译女人姓氏，不更为受传统思想的束缚而更麻烦吗？然而鲁迅先生对于用“她”字却没有讽过。至于说托尔斯泰有两个女儿，又须别想八个“轻靓艳丽”的字眼，麻烦得多，我认此点并不在我们所谈之列。我们所谈的是“两性间”的分别，而非“同性间”。而且，同样我可以反问：假如托尔斯泰有两兄弟，我们不要另想几个“非轻靓艳丽”的字眼吗？

关于第二点，我仍觉得把 Gogol 的 Go 译做郭，把 Wilde 的 Wi 译做王，……既不曾没有“介绍世界文学”，自然已“摆脱传统思想的束缚”。鲁迅说“故意”译做“郭”“王”是受传统思想的束缚，游魂是《百家姓》，也未见得。我少时简直没有读过《百家姓》，我却赞成用“郭”译 Gogol 的 Go，用“王”译 Wilde 的 Wi，为什么？“习见”故也。

他又说：“将翻译当作一种工具，或者图便利，爱折中的先生们是本来不在所讽的范围之内的。”对于这里我自然没有话可说。但是反面“以摆脱传统思想束缚的，而借翻译以主张男女平等，介绍世界文学”的先生们，用“轻靓艳丽”的字眼译外国女人名，用郭译 Go，用王译 Wi，我也承认是对的，而“讽”为“吹敲”，为“无聊”，理由上述。

正话说完了。鲁迅先生“末了”的话太客气了。

（一）我比起三苏，是因为“三”字凑巧，不愿意，“不舒服”，马上可以去掉。（二）《呐喊》风行得很；讽刺旧社会是对的，“故意”讽刺已摆脱传统思想的束缚的人们是不对。（三）鲁迅先生名是有的：《现代评论》有《鲁迅先生》，以前的《晨报附刊》对于“鲁迅”这个名字，还经过许多滑稽的考据呢！

最后我要说几句好玩的话。伏园先生在我信后的附注中，指我为簇新青年，这自然挖苦的成分多，真诚的成分少。假如我真是“簇新”，我要说用“她”字来代表女性，是中国新文学界最堕落的现象，而加以“讽刺”呢。

因为非是不足以表现“主张男女平等”，非是不足以表现“摆脱传统思想的束缚”！

二，一，一九二五，唐大。

一九二五年二月四日《京报副刊》。

杂　语

称为神的和称为魔的战斗了，并非争夺天国，而在要得地狱的统治权。所以无论谁胜，地狱至今也还是照样的地狱。

两大古文明国的艺术家握手了，因为可图两国的文明的沟通。沟通是也许要沟通的，可惜“诗哲”又到意大利去了。

“文士”和老名士战斗，因为……，——我不知道要怎样。但先前只许“之乎者也”的名公捧角，现在却也准 ABCD 的“文士”入场了。这时戏子便化为艺术家，对他们点点头。

新的批评家要站出来么？您最好少说话，少作文，不得已时，也要做得短。但总须弄几个人交口说您是批评家。那么，您的少说话就是高深，您的少作文就是名贵，永远不会失败了。

新的创作家要站出来么？您最好是在发表过一篇作品之后，另造一个名字，写点文章去恭维；倘有人攻击了，就去辩护。而且这名字要造得艳丽一些，使人们容易疑心是女性。倘若真能有这样的一个，就更佳；倘若这一个又是爱人，就更更佳。“爱人呀！”这三个字就多么旖旎而饶于诗趣呢？正不必再有第四字，才可望得到奋斗的成功。

一九二五年四月二十四日《莽原》第一期。

编完写起

近几天收到两篇文章，是答陈百年先生的《一夫多妻的新护符》的，据说《现代评论》不给登他们的答辩，又无处可投，所以寄到我这里来了，请为介绍到可登的地方去。诚然，《妇女杂志》上再不见这一类文章了，想起来毛骨悚然，悚然于阶级很不同的两类人，在中国竟会联成一气。但我能向那里介绍呢，饭碗是谁都有些保重的。况且，看《现代评论》的预告，已经登在二十二期上了，我便决意将这两篇没收。

但待到看见印成的《现代评论》的时候，我却又决计将它登出来，因为比那挂在那边的尾巴上的一点详得多。但是委屈得很，只能在这无聊的《莽原》上。我于他们三位都是熟识之至，又毫没有研究过什么性伦理性心理之类，所以不敢来说外行话。可是我总以为章周两先生在中国将这些议论发得太早，——虽然外国已经说旧了，但外国是外国。可是我总觉得陈先生满口“流弊流弊”，是论利害不像论是非，莫明其妙。

但陈先生文章的末段，读来却痛快——

“……至于法律和道德相比，道德不妨比法律严些，法律所不禁止的，道德尽可加以禁止。例如拍马吹牛，似乎不是法律所禁止的……然则我们在道德上也可以容许拍马屁，认为无损人格么？”

这我敢回答：是不能容许的。然而接着又起了一个类似的问题：例如女人被强奸，在法律上似乎不至于处死刑，然则我们在道德上也可以容许被强奸，认为无须自杀么？

章先生的驳文似乎激昂些，因为他觉得陈先生的文章发表以后，攻击者便源源而来，就疑心到“教授”的头衔上去。那么，继起者就有“拍马屁”的嫌疑了，我想未必。但教授和学者的话比起一个小编辑来，容易得社会信任，却也许是实情，因此从论敌看来，这些名称也就有了流弊了，真所谓“有一利必有一弊”。

十一日。

【案语】：

案：这《编完写起》共有三段，第一段和第三段都已经收在《华盖集》里了，题为《导师》和《长城》。独独这一段没有收进去，大约是因为那时以为只关于几个人的事情，并无多谈的必要的缘故。

然而在当时，却也并非小事情。《现代评论》是学者们的喉舌，经它一喝，章锡琛先生的确不久就失去《妇女杂志》的编辑的椅子，终于从商务印书馆走出，——但积久却做了开明书店的老板，反而获得予夺别人的椅子的威权，听说现在还在编辑所的大门口也站起了巡警。陈百年先生是经理考试去了。这真教人不胜今昔之感。

就这文章的表面看来，陈先生是意在防“弊”，欲以道德济法律之穷，这就是儒家和法家的不同之点。但我并不是说：陈先生是儒家，章周两先生是法家，——中国现在，家数又并没有这么清清楚楚。

一九三五年二月十五日晨，补记。

俄文译本《阿Q正传》序及著者自叙传略

《阿Q正传》序

这在我是很应该感谢，也是很觉得欣幸的事，就是：我的一篇短小的作品，仗着深通中国文学的王希礼（B.A.Vassiliev）先生的翻译，竟得展开在俄国读者的面前了。

我虽然已经试做，但终于自己还不能很有把握，我是否真能够写出一个现代的我们国人的魂灵来。别人我不得而知，在我自己，总仿佛觉得我们人人之间各有一道高墙，将各个分离，使大家的心无从相印。这就是我们古代的聪明人，即所谓圣贤，将人们分为十等，说是高下各不相同。其名目现在虽然不用了，但那鬼魂却依然存在，并且，变本加厉，连一个人的身体也有了等差，使手对于足也不免视为下等的异类。造化生人，已经非常巧妙，使一个人不会感到别人的肉体上的痛苦了，我们的圣人和圣人之徒却又补了造化之缺，并且使人们不再会感到别人的精神上的痛苦。

我们的古人又造出了一种难到可怕的一块一块的文字；但我还并不十分怨恨，因为我觉得他们倒并不是故意的。然而，许多人却不能借此说话了，加以古训所筑成的高墙，更使他们连想也不敢想。现在我们所能听到的，不过是几个圣人之徒的意见和道理，为了他们自己；至于百姓，却就默默的生长，萎黄，枯死了，像压在大石底下的草一样，已经有四千年！

要画出这样沉默的国民的魂灵来，在中国实在算一件难事，因为，已经说过，我们究竟还是未经革新的古国的人民，所以也还是各不相通，并且连自己的手也几乎不懂自己的足。我虽然竭力想摸索人们的魂灵，但时时总自憾有些隔膜。在将来，围在高墙里面的一切人众，该会自己觉醒，走出，都来开口的罢，而现在还少见，所以我也只得依了自己的觉察，孤寂地姑且将这些写出，作为在我的眼里所经过的中国的人生。

我的小说出版之后，首先收到的是一个青年批评家的谴责；后来，也有以为是病的，也有以为滑稽的，也有以为讽刺的；或者还以为冷嘲，至于使我自己也要疑心自己的心里真藏着可怕的冰块。然而我又想，看人生是因作者而不同，看作品又因读者而不同，那么，这一篇在毫无“我们的传统思想”的俄国读者的眼中，也许又会照见别样的情景的罢，这实在是使我觉得很有意味的。

一九二五年五月二十六日，于北京。鲁迅。

著者自叙传略

我于一八八一年生在浙江省绍兴府城里的一家姓周的家里。父亲是读书的；母亲姓鲁，乡下人，她以自修得到能够看书的学力。听人说，在我幼小时候，家里还有四五十亩水田，并不很愁生计。但到我十三岁时，我家忽而遭了一场很大的变故，几乎什么也没有了；我寄住在一个亲戚家，有时还被称为乞食者。我于是决心回家，而我底父亲又生了重病，约有三年多，死去了。我渐至于连极少的学费也无法可想；我底母亲便给我筹办了一点旅费，教我去寻无需学费的学校去，因为我总不肯学做幕友或商人，——这是我乡衰落了的读书人家子弟所常走的两条路。

其时我是十八岁，便旅行到南京，考入水师学堂了，分在机关科。大约过了半年，我又走出，改进矿路学堂去学开矿，毕业之后，即被派往日本去留学。但待到在东京的豫备学校毕业，我已经决意要学医了，原因之一是因为我确知道了新的医学对于日本的维新有很大的助力。我于是进了仙台（Sendai）医学专门学校，学了两年。这时正值俄日战争，我偶然在电影上看见一个中国人因做侦探而将被斩，因此又觉得在中国还应该先提倡新文艺。我便弃了学籍，再到东京，和几个朋友立了些小计划，但都陆续失败了。我又想往德国去，也失败了。终于，因为我的母亲和几个别的人很希望我有经济上的帮助，我便回到中国来；这时我是二十九岁。

我一回国，就在浙江杭州的两级师范学堂做化学和生理学教员，第二年就走出，到绍兴中学堂去做教务长，第三年又走出，没有地方可去，想在一个书店去做编译员，到底被拒绝了。但革命也就发生，绍兴光复后，我做了师范学校的校长。革命政府在南京成立，教育部长招我去做部员，移入北京，一直到现在。近几年，我还兼做北京大学，师范大学，女子师范大学的国文系讲师。

我在留学时候，只在杂志上登过几篇不好的文章。初做小说是一九一八年，因了我的朋友钱玄同的劝告，做来登在《新青年》上的。这时才用"鲁迅"的笔名（Penname）；也常用别的名字做一点短论。现在汇印成书的只有一本短篇小说集《呐喊》，其余还散在几种杂志上。别的，除翻译不计外，印成的又有一本《中国小说史略》。

“田园思想”

白波先生：

我所憎恶的所谓“导师”，是自以为有正路，有捷径，而其实却是劝人不走的人。倘有领人向前者，只要自己愿意，自然也不妨追踪而往。但这样的前锋，怕中国现在还找不到罢。

所以我想，与其找胡涂导师，倒不如自己走，可以省却寻觅的工夫，横竖他也什么都不知道。至于我那“遇见森林，可以辟成平地，……”这些话，不过是比方，犹言可以用自力克服一切困难，并非真劝人都到山里去。

鲁　迅。

来　信

鲁迅先生：

上星期偶然到五马路一爿小药店里去看我一个小表弟——他现在是店徒——走过亚东书馆，顺便走了进去。在杂乱的书报堆里找到了几期《语丝》，便买来把它读。在广告栏中看见了有所谓《莽原》的广告和目录，说是由先生主编的，定神一想，似乎刚才在亚东书馆也乱置在里面，便懊悔的什么似的。要再乘电车出去，时钱两缺，暂时把它丢开了。可是当我把《语丝》读完的时候，想念《莽原》的心思却忽然增高万倍，急中生智，马上写了一封信给我的可爱的表弟。下二天，我居然能安安逸逸的读《莽原》了。三期中最能引起我的兴致的，便是先生的小杂感。

上面不过要表明对于《莽原》的一种渴望，不是存心要耗费先生的时间。今天，我的表弟又把第四期的《莽原》寄给我了，白天很热，所以没有细读，现在是半夜十二时多了，在寂静的大自然中，洋烛光前，细读《编完写起》，一字一字的。尤其使我百读不厌的，是第一段关于“青年与导师”的话。因为这个念头近来把我扰的头昏，时时刻刻想找一些文章来读，借以得些解决。

先生说：“你们所多的是生力，遇见深林，可以开成平地的，遇见旷野，可以栽种树木的……，寻什么乌烟瘴气的鸟导师！”可真痛快之至了！

先生，我不愿对你说我是怎么烦闷的青年啦，我是多么孤苦啦，因为这些无聊的形容词非但不能引人注意，反生厌恶。我切急要对先生说的，是我正在找个导师呵！

我所谓导师，不是说天天把书讲给我听，把道德……等指示我的，乃是正在找一个能给我一些真实的人生观的师傅！

大约一月前，我把嚣俄的《哀史》念完了。当夜把它的大意仔细温习一遍，觉得嚣俄之所以写了这么长的一部伟著，其用意也不过是指示某一种人的人生观。他写《哀史》是在流放于Channel Island时，所以他所指示的人是一种被世界，人类，社会，小人……甚至一个侦探所舍弃的人，但同时也是被他们监视的人。一个无辜的农夫，偷了一点东西来养母亲，卒至终生做了罪犯；逃了一次监，罪也加重一层。后来，竟能化名办实业，做县知事，乐善好施，救出了无数落难的人。而他自己则布衣素食，保持着一副沉毅的态度，还在夜间明灯攻读，以补少年失学之缺憾（这种处所，正是浪漫作家最得意之笔墨）。可是他终被一个侦探（社会上实有这种人的！）怀疑到一个与他同貌的农夫，及至最后审判的一天，他良心忍不住了，投案自首，说他才是个逃犯。至此，他自己知道社会上决不能再容他存在了。于是他一片赤诚救世之心，却无人来接受！这是何等的社会！可是他的身体可以受种种的束缚，他的心却是活的！所以他想出了以一个私生女儿为终生的安慰！他可为她死！他的生也是为了她。试看 Cosett 与人家发生了爱，他老人家终夜不能入睡，是多么的烦闷呵！最后，她嫁了人，他老人家觉得责任已尽，人生也可告终了。于是也失踪了。

我以为嚣俄是指导被社会压迫与弃置的人，尽可做一些实在的事；其中未始没有乐趣。正如先生所谓"遇见深林……"，虽则在动机上彼此或有些不同。差不多有一年之久，我终日想自己去做一些工作，不倚靠别人，总括一句，就是不要做智识阶级的人了，自己努力去另辟一新园地。后来又读托尔斯泰小说《Anna Karenina》，看副主人 Levin 的田园生活，更证明我前念之不错。

及至后来读了 Hardy 的悲观色彩十分浓厚的《Tess》，对于乡村实在有些入魔了！不过以 Hardy 的生活看来，勤勤恳恳的把 Wessex 写给了世人，自己孜孜于文学生涯，觉得他的生活，与嚣俄或托尔斯泰所写的有些两样，一是为了他事失败而才从事的，而哈代则生来愿意如此（虽然也许是我妄说，但不必定是哈代，别的人一定很多）。虽然结果一样，其"因"却大相迳庭。一是进化的，前者却是退化了。

因为前天在某文上见引用一句歌德的话："做是容易的，想却难了！"于是从前种种妄想，顿时消灭的片屑不存。因为照前者的入田园，只能算一种"做"，而"想"却绝对谈不到，平心而论，一个研究学问或作其他事业的人一旦遭了挫折，便去归返自然，只能算"做"一些简易的工作，和我国先前的隐居差不多，无形中已陷于极端的消极了！一个愚者而妄想"想"，自然痴的可怜，但一遇挫折已便反却，却是退化了。

先生的意思或许不是这些，但现今田园思想充斥了全国青年的头脑中，所以顺便写了一大堆无用的话。但不知先生肯否给我以稍为明了一些的解释呢？

先生虽然万分的憎恶所谓“导师”，我却从心坎里希望你做一些和厨川白村相像的短文（这相像是我虚拟的），给麻木的中国人一些反省。

白波，上海同文书院。六月。

流言和谎话

这一回编辑《莽原》时，看见论及北京女子师范大学风潮的投稿里，还有用“某校”字样和几个方匡子的，颇使我觉得中国实在还很有存心忠厚的君子，国事大有可为。但其实，报章上早已明明白白地登载过许多次了。

今年五月，为了“同系学生同时登两个相反的启事已经发现了……”那些事，已经使“喜欢怀疑”的西滢先生有“好像一个臭毛厕”之叹（见《现代评论》二十五期《闲话》），现在如果西滢先生已回北京，或者要更觉得“世风日下”了罢，因为三个相反，或相成的启事已经发现了：一是“女师大学生自治会”；二是“杨荫榆”；三是单叫作“女师大”。

报载对于学生“停止饮食茶水”，学生亦云“既感饥荒之苦，复虑生命之危”，而“女师大”云“全属子虚”，是相反的。而杨荫榆云“本校原望该生等及早觉悟自动出校并不愿其在校受生活上种种之不便也”，则似乎确已停止，和“女师大”说相反，与报章及学生说相成。

学生云“杨荫榆突以武装入校，勒令同学全体即刻离校，嗣复命令军警肆意毒打侮辱……”，而杨荫榆云“荫榆于八月一日到校……暴劣学生肆行滋扰……故不能不请求警署拨派巡警保护……”，是因为“滋扰”才请派警，与学生说相反的。而“女师大”云“不料该生等非特不肯遵命竟敢任情谩骂极端侮辱……幸先经内右二区派拨警士在校防护……”，是派警在先，“滋扰”在后，和杨荫榆说相反的。至于京师警察厅行政处公布，则云“查本厅于上月三十一日准国立北京女子师范大学函……请准予八月一日照派保安警察三四十名来校……”，乃又与学生及“女师大”说相成了。杨荫榆确是先期准备了“武装入校”，而自己竟不知道，以为临时叫来，真是离奇。

杨先生大约真如自己的启事所言，“始终以培植人才恪尽职守为素志……服务情形为国人所共鉴”的罢。“素志”我不得而知，至于“服务情形”，则不必再说别的，只要一看本月一日至四日的“女师大”和她自己的两个启事之离奇闪烁就尽够了！撒谎造谣，即在局外者也觉得。如果是严厉的观察者和批评者，即可以执此而推论其他。

但杨先生却道：“所以勉力维持至于今日者非贪恋个人之地位为彻底整饬学风计也”，窃以为学风是决非造谣撒谎所能整饬的；——地位自然不在此例。

且住，我又来说话了，或者西滢先生们又许要听到许多“流言”。然而请放心罢，我虽然确是“某籍”，也做过国文系的一两点钟的教员，但我并不想谋校长，或仍做教员以至增加钟点；也并不为子孙计，防她们会在女师大被诬被革，挨打挨饿。我借一句Lermontov的愤激的话告诉你们：“我幸而没有女儿！”

八月五日。

通 信（复霉江）

霉江先生：

如果“叛徒”们造成战线而能遇到敌人，中国的情形早已不至于如此，因为现在所遇见的并无敌人，只有暗箭罢了。

所以想有战线，必须先有敌人，这事情恐怕还辽远得很，若现在，则正如来信所说，大概连是友是仇也不大容易分辨清楚的。

我对于《语丝》的责任，只有投稿，所以关于刊载的事，不知其详。至于江先生的文章，我得到来信后，才看了一点。

我的意见，以为先生太认真了，大约连作者自己也未必以为他那些话有这么被人看得值得讨论。

先生大概年纪还青，所以竟这样愤慨，而且推爱及我，代我发愁，我实在不胜感谢。这事其实是不难的，只要打听大学教授陈源（即西滢）先生，也许能够知道章士钊是否又要“私禀执政”，因为陈教授那里似乎常有“流言”飞扬。但是，这不是我的事。

鲁迅。九月一日。

来 信

鲁迅先生：

从近来《现代评论》之主张单独对英以媚亲日派的政府，侮辱学界之驱章为“打学潮糊涂账”以媚教育当局，骂“副刊至少有产生出来以备淘汰的价值”以侮辱“青年叛徒”及其领导者，藉达其下流的政客式的学者的拍卖人格的阴谋等等方面看来，我们深觉得其他有良心的学者和有人格的青年太少，太没有责任心，太怯懦了！

从它的消售数目在各种周刊之上看（虽然有许多是送看的），从它的页数增加上看，我们可以知道卑污恶浊的社会里的读者最欢迎这类学术界中的《红》，《半月》或《礼拜六》。自从《新青年》停刊以后，思想界中再没有得力的旗帜鲜明的冲锋队了。如今“新青年的老同志有的投降了，有的退伍了，而新的还没练好”，而且“势力太散漫了。”我今天上午着手草《联合战线》一文，致猛进社，语丝社，莽原社同人及全国的叛徒们的，目的是将三社同人及其他同志联合起来，印行一种刊物，注全力进攻我们本阶级的恶势力的代表：一系反动派的章士钊的《甲寅》，一系与反动派朋比为奸的《现代评论》。我正在写那篇文章的时候，N君拿着一份新出来的《语丝》，指给我看这位充满“阿Q精神”兼“推敲大教育家”江绍原的“小杂种”，里面说道，“至于民报副刊，有人说是共产党办的。”江君翻打自己的嘴巴，乱生“小杂种”，一被谑于米先生（见京报副刊），再见斥于作《阿Q的一点精神》（见民报副刊）的辛人，老羞成怒，竟迁怒到民副记者的身上去了。最巧妙的是江君偏在不入大人老爷之眼的《语丝》上诡谲地加上“有人说”三个字。N君说，“大约这位推敲大家在共出十五期的民副上没曾推出一句共产的宣传来，而同时对于这位归国几满三年，从未作过一句宣传的文章，从未加入任何政党，从未卷入任何风潮，从未作任何活动的民副记者——一个颓废派诗人梭罗古勃的爱慕者，也终不能查出共产党的证据，所以只能加上‘有人说’三字，一方面可以摆脱责任，一方面又可造谣。而拈阄还凑巧正拈到投在《语丝》上……”我于是立刻将我的《联合战线》一文撕得粉碎；我万没想到这《现代评论》上的好文章，竟会在《语丝》上刊出来。实在，在这个世界上谁是谁的伙伴或仇敌呢？我们永远感受着胡乱握手与胡乱刺杀的悲哀。

我看你们时登民副记者的文章，那末，你不是窝藏共产党的

（即使你不是共产党）么？至少“有人说”你是的。章士钊褫你的职还不足以泄其愤吧，谨防着他或者又会“私禀执政”把你当乱党办的。一笑。

下一段是N君仿江绍原的“小杂种”体编的，我写的——

“……胡适之怎样？……想起来了，那位博士近来盛传被‘皇上’‘德化’了，招牌怕不香吧。”

“陈西滢怎样？……听说近来被人指为‘英日帝国主义者和某军阀的走狗章士钊’的‘党徒’……”

“至于江绍原，有人说他是一般人所指为学者人格拍卖公司现代评论社的第□支部总经理。……”

本函倘可给《莽原》补白，尚祈教正，是荷。

霉江谨上。

《痴华鬘》题记

尝闻天竺寓言之富，如大林深泉，他国艺文，往往蒙其影响。即翻为华言之佛经中，亦随在可见，明徐元太辑《喻林》，颇加搜录，然卷帙繁重，不易得之。佛藏中经，以譬喻为名者，亦可五六种，惟《百喻经》最有条贯。其书具名《百句譬喻经》；《出三藏记集》云，天竺僧伽斯那从《修多罗藏》十二部经中钞出譬喻，聚为一部，凡一百事，为新学者，撰说此经。萧齐永明十年九月十日，中天竺法师求那毗地出。以譬喻说法者，本经云，“如阿伽陀药，树叶而裹之，取药涂毒竟，树叶还弃之，戏笑如叶裹，实义在其中”也。王君品青爱其设喻之妙，因除去教诫，独留寓言；又缘经末有“尊者僧伽斯那造作《痴华鬘》竟”语，即据以回复原名，仍印为两卷。尝称百喻，而实缺二者，疑举成数，或并以卷首之引，卷末之偈为二事也。尊者造论，虽以正法为心，譬故事于树叶，而言必及法，反多拘牵；今则已无阿伽陀药，更何得有药裹，出离界域，内外洞然，智者所见，盖不惟佛说正义而已矣。

中华民国十五年五月十二日，鲁迅。

《穷人》小引

千八百八十年，是陀思妥夫斯基完成了他的巨制之一《卡拉玛卓夫兄弟》这一年；他在手记上说："以完全的写实主义在人中间发见人。这是彻头彻尾俄国底特质。在这意义上，我自然是民族底的。……人称我为心理学家（Psychologist）。这不得当。我但是在高的意义上的写实主义者，即我是将人的灵魂的深，显示于人的。"第二年，他就死了。

显示灵魂的深者，每要被人看作心理学家；尤其是陀思妥夫斯基那样的作者。他写人物，几乎无须描写外貌，只要以语气，声音，就不独将他们的思想和感情，便是面目和身体也表示着。又因为显示着灵魂的深，所以一读那作品，便令人发生精神底变化。灵魂的深处并不平安，敢于正视的本来就不多，更何况写出？因此有些柔软无力的读者，便往往将他只看作"残酷的天才"。

陀思妥夫斯基将自己作品中的人物们，有时也委实太置之万难忍受的，没有活路的，不堪设想的境地，使他们什么事都做不出来。用了精神底苦刑，送他们到那犯罪，痴呆，酗酒，发狂，自杀的路上去。有时候，竟至于似乎并无目的，只为了手造的牺牲者的苦恼，而使他受苦，在骇人的卑污的状态上，表示出人们的心来。这确凿是一个"残酷的天才"，人的灵魂的伟大的审问者。

然而，在这"在高的意义上的写实主义者"的实验室里，所处理的乃是人的全灵魂。他又从精神底苦刑，送他们到那反省，矫正，忏悔，苏生的路上去；甚至于又是自杀的路。到这样，他的"残酷"与否，一时也就难于断定，但对于爱好温暖或微凉的人们，却还是没有什么慈悲的气息的。

相传陀思妥夫斯基不喜欢对人述说自己，尤不喜欢述说自己的困苦；但和他一生相纠结的却正是困难和贫穷。便是作品，也至于只有一回是并没有豫支稿费的著作。但他掩藏着这些事。他知道金钱的重要，而他最不善于使用的又正是金钱；直到病得寄养在一个医生的家里了，还想将一切来诊的病人当作佳客。他所爱，所同情的是这些，——贫病的人们，——所记得的是这些，所描写的是这些；而他所毫无顾忌地解剖，详检，甚而至于鉴赏的也是这些。不但这些，其实，他早将自己也加以精神底苦刑了，从年青时候起，一直拷问到死灭。

凡是人的灵魂的伟大的审问者，同时也一定是伟大的犯人。审问者在堂上举劾着他的恶，犯人在阶下陈述他自己的善；审问者在灵魂中揭发污秽，犯人在所揭发的污秽中阐明那埋藏的光耀。这样，就显示出灵魂的深。

在甚深的灵魂中，无所谓“残酷”，更无所谓慈悲；但将这灵魂显示于人的，是“在高的意义上的写实主义者”。

陀思妥夫斯基的著作生涯一共有三十五年，虽那最后的十年很偏重于正教的宣传了，但其为人，却不妨说是始终一律。即作品，也没有大两样。从他最初的《穷人》起，最后的《卡拉玛卓夫兄弟》止，所说的都是同一的事，即所谓“捉住了心中所实验的事实，使读者追求着自己思想的径路，从这心的法则中，自然显示出伦理的观念来。”这也可以说：穿掘着灵魂的深处，使人受了精神底苦刑而得到创伤，又即从这得伤和养伤和愈合中，得到苦的涤除，而上了苏生的路。

《穷人》是作于千八百四十五年，到第二年发表的；是第一部，也是使他即刻成为大家的作品；格里戈洛维奇和涅克拉梭夫为之狂喜，培林斯基曾给他公正的褒辞。自然，这也可以说，是显示着“谦逊之力”的。然而，世界竟是这么广大，而又这么狭窄；穷人是这么相爱，而又不得相爱；暮年是这么孤寂，而又不安于孤寂。他晚年的手记说："富是使个人加强的，是器械底和精神底满足。因此也将个人从全体分开。"富终于使少女从穷人分离了，可怜的老人便发了不成声的绝叫。爱是何等地纯洁，而又何其有搅扰咒诅之心呵！

而作者其时只有二十四岁，却尤是惊人的事。天才的心诚然是博大的。

中国的知道陀思妥夫斯基将近十年了，他的姓已经听得耳熟，但作品的译本却未见。这也无怪，虽是他的短篇，也没有很简短，便于急就的。这回丛芜才将他的最初的作品，最初绍介到中国来，我觉得似乎很弥补了些缺憾。这是用 Constance Garnett 的英译本为主，参考了 Modern Library 的英译本译出的，歧异之处，便由我比较了原白光的日文译本以定从违，又经素园用原文加以校定。在陀思妥夫斯基全集十二巨册中，这虽然不过是一小分，但在我们这样只有微力的人，却很用去许多工作了。藏稿经年，才得印出，便借了这短引，将我所想到的写出，如上文。陀思妥夫斯基的人和他的作品，本是一时研究不尽的，统论全般，决非我的能力所及，所以这只好算作管窥之说；也仅仅略翻了三本书：Dostoievsky's Literarsche Schriften，Mereschkovsky's Dostoievsky und Tolstoy，昇曙梦的《露西亚文学研究》。

俄国人姓名之长，常使中国的读者觉得烦难，现在就在此略加解释。那姓名全写起来，是总有三个字的：首先是名，其次是父名，第三是姓。例如这书中的解屋斯金，是姓；人却称他马加尔亚列舍维奇，意思就是亚列舍的儿子马加尔，是客气的称呼；亲昵的人就只称名，声音还有变化。倘是女的，便叫她"某之女某"。例如瓦尔瓦拉亚列舍夫那，意思就是亚列舍的女儿瓦尔瓦拉；有时叫她瓦兰加，则是瓦尔瓦拉的音变，也就是亲昵的称呼。

一九二六年六月二日之夜，鲁迅记于东壁下。

通　信（复未名）

未名先生：

多谢你的来信，使我们知道，知道我们的《莽原》原来是“谈社会主义”的。

这也不独武昌的教授为然，全国的教授都大同小异。一个已经足够了，何况是聚起来成了“会”。他们的根据，就在“教授”，这是明明白白的。我想他们的话在“会”里也一定不会错。为什么呢？就因为他们是教授。我们的乡下评定是非，常是这样：“赵太爷说对的，还会错么？他田地就有二百亩！”

至于《莽原》，说起来实在惭愧，正如武昌的C先生来信所说，不过“是些废话和大部分的文艺作品”。我们倒也并不是看见社会主义四个字就吓得两眼朝天，口吐白沫，只是没有研究过，所以也没有谈，自然更没有用此来宣传任何主义的意思。“为什么要办刊物？一定是要宣传什么主义。为什么要宣传主义？一定是在得某国的钱”这一类的教授逻辑，在我们的心里还没有。所以请你尽可放心看去，总不至于因此会使教授化为白痴，富翁变成乞丐的。——但保险单我可也不写。

你的名字用得不错，在现在的中国，这种“加害”的确要防的。北京大学的一个学生因为投稿用了真名，已经被教授老爷谋害了。《现代评论》上有人发议论道，“假设我们把知识阶级完全打倒后一百年，世界成个什么世界呢？”你看他多么“心上有杞天之虑”？

鲁迅。六，九。

顺便答复C先生：来信已到，也就将上面那些话作为回答罢。

来 信

鲁迅先生：

我们学校里也有一个小小的图书馆，虽说不到国内的报章刊物杂志一切尽有，大概也有一二种；而办学者虽说不到以全副力量在这里办学，总算得是出了一点狗力在这里厮闹。

有一天，一位同学要求图书馆主任订购《莽原》，主任把这件事提交教授会议——或者是评议会，经神圣的教授会审查，说《莽原》是谈社会主义的，不能订。然而主任敌不过那同学的要求，终究订了。

我自从听到《莽原》是谈社会主义的以后，便细心的从第一期起，重行翻阅一回，始终一点儿证据也找不着。不知他们所说的根据在何处？——恐怕他们的见解独到罢。这是要问你的一点。

因为我喜欢看《莽原》，忽然听到教授老爷们说它谈社会主义，像我这样的学生小子，自然是要起恐慌的。因为社会主义这四字是不好的名词，像洪水猛兽的一般，——在他们看起来。因为现在谈社会主义的书，就像从前“有图画的本子，就要被塾师，就是当时的‘引导青年的前辈’禁止，呵斥，甚而至于打手心”一样。因为恐怕他们禁止我读我爱读的《莽原》，而要我去读“人之初性本善”，至于呵斥，打手心，所以害怕得要死。这也是要问你的一点，要问你一个明白的一点。

有此两点，所以要问你，因为大学教授说的话，比较的真确——不是放屁，所以要问你，要问你《莽原》到底是不是谈社会主义。

六，一，未名于武昌。

我并不是姓未名，也不是名未名，未名也不是我的别号，也不是像你们未名社没有取名字的意义。我的名二十一年前已经取好了，只是怕你把它宣布出来，那末他们教授老爷就要加害于我，所以不写出来。因为没有写出自己的真名字，就名之曰未名。

文艺与政治的歧途

——十二月二十一日在上海暨南大学讲

我是不大出来讲演的；今天到此地来，不过因为说过了好几次，来讲一回也算了却一件事。我所以不出来讲演，一则没有什么意见可讲，二则刚才这位先生说过，在座的很多读过我的书，我更不能讲什么。书上的人大概比实物好一点，《红楼梦》里面的人物，像贾宝玉林黛玉这些人物，都使我有异样的同情；后来，考究一些当时的事实，到北京后，看看梅兰芳姜妙香扮的贾宝玉林黛玉，觉得并不怎样高明。

我没有整篇的鸿论，也没有高明的见解，只能讲讲我近来所想到的。我每每觉到文艺和政治时时在冲突之中；文艺和革命原不是相反的，两者之间，倒有不安于现状的同一。惟政治是要维持现状，自然和不安于现状的文艺处在不同的方向。不过不满意现状的文艺，直到十九世纪以后才兴起来，只有一段短短历史。政治家最不喜欢人家反抗他的意见，最不喜欢人家要想，要开口。而从前的社会也的确没有人想过什么，又没有人开过口。且看动物中的猴子，它们自有它们的首领；首领要它们怎样，它们就怎样。在部落里，他们有一个酋长，他们跟着酋长走，酋长的吩咐，就是他们的标准。酋长要他们死，也只好去死。那时没有什么文艺，即使有，也不过赞美上帝（还没有后人所谓God那么玄妙）罢了！那里会有自由思想？后来，一个部落一个部落你吃我吞，渐渐扩大起来，所谓大国，就是吞吃那多多少少的小部落；一到了大国，内部情形就复杂得多，夹着许多不同的思想，许多不同的问题。这时，文艺也起来了，和政治不断地冲突；政治想维系现状使它统一，文艺催促社会进化使它渐渐分离；文艺虽使社会分裂，但是社会这样才进步起来。文艺既然是政治家的眼中钉，那就不免被挤出去。外国许多文学家，在本国站不住脚，相率亡命到别个国度去；这个方法，就是“逃”。要是逃不掉，那就被杀掉，割掉他的头；割掉头那是最好的方法，既不会开口，又不会想了。俄国许多文学家，受到这个结果，还有许多充军到冰雪的西伯利亚去。

有一派讲文艺的，主张离开人生，讲些月呀花呀鸟呀的话（在中国又不同，有国粹的道德，连花呀月呀都不许讲，当作别论），或者专讲“梦”，专讲些将来的社会，不要讲得太近。这种文学家，他们都躲在象牙之塔里面；但是“象牙之塔”毕竟不能住得很长久的呀！象牙之塔总是要安放在人间，就免不掉还要受政治的压迫。打起仗来，就不能不逃开去。北京有一班文人，顶看不起描写社会的文学家，他们想，小说里面连车夫的生活都可以写进去，岂不把小说应该写才子佳人一首诗生爱情的定律都打破了吗？现在呢，他们也不能做高尚的文学家了，还是要逃到南边来；“象牙之塔”的窗子里，到底没有一块一块面包递进来的呀！

等到这些文学家也逃出来了，其他文学家早已死的死，逃的逃了。别的文学家，对于现状早感到不满意，又不能不反对，不能不开口，“反对”“开口”就是有他们的下场。我以为文艺大概由于现在生活的感受，亲身所感到的，便影印到文艺中去。挪威有一文学家，他描写肚子饿，写了一本书，这是依他所经验的写的。对于人生的经验，别的且不说，“肚子饿”这件事，要是欢喜，便可以试试看，只要两天不吃饭，饭的香味便会是一个特别的诱惑；要是走过街上饭铺子门口，更会觉得这个香味一阵阵冲到鼻子来。我们有钱的时候，用几个钱不算什么；直到没有钱，一个钱都有它的意味。那本描写肚子饿的书里，它说起那人饿得久了，看见路人个个是仇人，即是穿一件单褂子的，在他眼里也见得那是骄傲。我记起我自己曾经写过这样一个人，他身边什么都光了，时常抽开抽屉看看，看角上边上可以找到什么；路上一处一处去找，看有什么可以找得到；这个情形，我自己是体验过来的。

从生活窘迫过来的人，一到了有钱，容易变成两种情形：

一种是理想世界，替处同一境遇的人着想，便成为人道主义；一种是什么都是自己挣起来，从前的遭遇，使他觉得什么都是冷酷，便流为个人主义。我们中国大概是变成个人主义者多。主张人道主义的，要想替穷人想想法子，改变改变现状，在政治家眼里，倒还不如个人主义的好；所以人道主义者和政治家就有冲突。俄国文学家托尔斯泰讲人道主义，反对战争，写过三册很厚的小说——那部《战争与和平》，他自己是个贵族，却是经过战场的生活，他感到战争是怎么一个惨痛。

尤其是他一临到长官的铁板前（战场上重要军官都有铁板挡住枪弹），更有刺心的痛楚。而他又眼见他的朋友们，很多在战场上牺牲掉。战争的结果，也可以变成两种态度：一种是英雄，他见别人死的死伤的伤，只有他健存，自己就觉得怎样了不得，这么那么夸耀战场上的威雄。一种是变成反对战争的，希望世界上不要再打仗了。托尔斯泰便是后一种，主张用无抵抗主义来消灭战争。他这么主张，政府自然讨厌他；反对战争，和俄皇的侵掠欲望冲突；主张无抵抗主义，叫兵士不替皇帝打仗，警察不替皇帝执法，审判官不替皇帝裁判，大家都不去捧皇帝；皇帝是全要人捧的，没有人捧，还成什么皇帝，更和政治相冲突。这种文学家出来，对于社会现状不满意，这样批评，那样批评，弄得社会上个个都自己觉到，都不安起来，自然非杀头不可。

但是，文艺家的话其实还是社会的话，他不过感觉灵敏，早感到早说出来（有时，他说得太早，连社会也反对他，也排轧他）。譬如我们学兵式体操，行举枪礼，照规矩口令是“举……枪”这般叫，一定要等“枪”字令下，才可以举起。

有些人却是一听到“举”字便举起来，叫口令的要罚他，说他做错。文艺家在社会上正是这样；他说得早一点，大家都讨厌他。政治家认定文学家是社会扰乱的煽动者，心想杀掉他，社会就可平安。殊不知杀了文学家，社会还是要革命；俄国的文学家被杀掉的充军的不在少数，革命的火焰不是到处燃着吗？文学家生前大概不能得到社会的同情，潦倒地过了一生，直到死后四五十年，才为社会所认识，大家大闹起来。

政治家因此更厌恶文学家，以为文学家早就种下大祸根；政治家想不准大家思想，而那野蛮时代早已过去了。在座诸位的见解，我虽然不知道；据我推测，一定和政治家是不相同；政治家既永远怪文艺家破坏他们的统一，偏见如此，所以我从来不肯和政治家去说。

到了后来，社会终于变动了；文艺家先时讲的话，渐渐大家都记起来了，大家都赞成他，恭维他是先知先觉。虽是他活的时候，怎样受过社会的奚落。刚才我来讲演，大家一阵子拍手，这拍手就见得我并不怎样伟大；那拍手是很危险的东西，拍了手或者使我自以为伟大不再向前了，所以还是不拍手的好。上面我讲过，文学家是感觉灵敏了一点，许多观念，文学家早感到了，社会还没有感到。譬如今天 ×× 先生穿了皮袍，我还只穿棉袍；×× 先生对于天寒的感觉比我灵。再过一月，也许我也感到非穿皮袍不可，在天气上的感觉，相差到一个月，在思想上的感觉就得相差到三四十年。这个话，我这么讲，也有许多文学家在反对。我在广东，曾经批评一个革命文学家——现在的广东，是非革命文学不能算做文学的，是非“打打打，杀杀杀，革革革，命命命”，不能算做革命文学的——我以为革命并不能和文学连在一块儿，虽然文学中也有文学革命。但做文学的人总得闲定一点，正在革命中，那有功夫做文学。我们且想想：在生活困乏中，一面拉车，一面“之乎者也”，到底不大便当。古人虽有种田做诗的，那一定不是自己在种田；雇了几个人替他种田，他才能吟他的诗；真要种田，就没有功夫做诗。革命时候也是一样；正在革命，那有功夫做诗？我有几个学生，在打陈炯明时候，他们都在战场；我读了他们的来信，只见他们的字与词一封一封生疏下去。俄国革命以后，拿了面包票排了队一排一排去领面包；这时，国家既不管你什么文学家艺术家雕刻家；大家连想面包都来不及，那有功夫去想文学？等到有了文学，革命早成功了。革命成功以后，闲空了一点；有人恭维革命，有人颂扬革命，这已不是革命文学。他们恭维革命颂扬革命，就是颂扬有权力者，和革命有什么关系？

这时，也许有感觉灵敏的文学家，又感到现状的不满意，又要出来开口。从前文艺家的话，政治革命家原是赞同过；直到革命成功，政治家把从前所反对那些人用过的老法子重新采用起来，在文艺家仍不免于不满意，又非被排轧出去不可，或是割掉他的头。割掉他的头，前面我讲过，那是顶好的法子咾，——从十九世纪到现在，世界文艺的趋势，大都如此。

十九世纪以后的文艺，和十八世纪以前的文艺大不相同。

十八世纪的英国小说，它的目的就在供给太太小姐们的消遣，所讲的都是愉快风趣的话。十九世纪的后半世纪，完全变成和人生问题发生密切关系。我们看了，总觉得十二分的不舒服，可是我们还得气也不透地看下去。这因为以前的文艺，好像写别一个社会，我们只要鉴赏；现在的文艺，就在写我们自己的社会，连我们自己也写进去；在小说里可以发见社会，也可以发见我们自己；以前的文艺，如隔岸观火，没有什么切身关系；现在的文艺，连自己也烧在这里面，自己一定深深感觉到；一到自己感觉到，一定要参加到社会去！

十九世纪，可以说是一个革命的时代；所谓革命，那不安于现在，不满意于现状的都是。文艺催促旧的渐渐消灭的也是革命（旧的消灭，新的才能产生），而文学家的命运并不因自己参加过革命而有一样改变，还是处处碰钉子。现在革命的势力已经到了徐州，在徐州以北文学家原站不住脚；在徐州以南，文学家还是站不住脚，即共了产，文学家还是站不住脚。革命文学家和革命家竟可说完全两件事。诋斥军阀怎样怎样不合理，是革命文学家；打倒军阀是革命家；孙传芳所以赶走，是革命家用炮轰掉的，决不是革命文艺家做了几句“孙传芳呀，我们要赶掉你呀”的文章赶掉的。在革命的时候，文学家都在做一个梦，以为革命成功将有怎样怎样一个世界；革命以后，他看看现实全不是那么一回事，于是他又要吃苦了。照他们这样叫，啼，哭都不成功；向前不成功，向后也不成功，理想和现实不一致，这是注定的运命；正如你们从《呐喊》上看出的鲁迅和讲坛上的鲁迅并不一致；或许大家以为我穿洋服头发分开，我却没有穿洋服，头发也这样短短的。所以以革命文学自命的，一定不是革命文学，世间那有满意现状的革命文学？除了吃麻醉药！苏俄革命以前，有两个文学家，叶遂宁和梭波里，他们都讴歌过革命，直到后来，他们还是碰死在自己所讴歌希望的现实碑上，那时，苏维埃是成立了！

不过，社会太寂寞了，有这样的人，才觉得有趣些。人类是欢喜看看戏的，文学家自己来做戏给人家看，或是绑出去砍头，或是在最近墙脚下枪毙，都可以热闹一下子。且如上海巡捕用棒打人，大家围着去看，他们自己虽然不愿意挨打，但看见人家挨打，倒觉得颇有趣的。文学家便是用自己的皮肉在挨打的啦！

今天所讲的，就是这么一点点，给它一个题目，叫作——《文艺与政治的歧途》。

一九二七，十二，廿六。

关于《关于红笑》

今天收到四月十八日的《华北日报》，副刊上有鹤西先生的半篇《关于红笑》的文章。《关于红笑》，我是有些注意的，因为自己曾经译过几页，那豫告，就登在初版的《域外小说集》上，但后来没有译完，所以也没有出版。不过也许是有些旧相识之故罢，至今有谁讲到这本书，大抵总还喜欢看一看。可是看完这《关于红笑》，却令我大觉稀奇了，也不能不说几句话。为要头绪分明，先将原文转载些在下面——

"昨天到蹇君家去，看见第二十卷第一号的《小说月报》，上边有梅川君译的《红笑》，这部书，因为我和骏祥也译过，所以禁不住要翻开看看，并且还想来说几句关于《红笑》的话。"

"自然，我不是要说梅川君不该译《红笑》，没有这样的理由也没有这样的权力。不过我对于梅川君的译文有一点怀疑的地方，固然一个人原不该随便地怀疑别个，但世上偏就是这点奇怪，尽有是让人意想不到的事情。不过也许我底过虑是错的，而且在梅川君看来也是意想不到的事，那么，这错处就在我，而这篇文字也就只算辩明我自己没有抄袭别人。现在我先讲讲事实的经过。"

"《红笑》，是我和骏祥，在去年暑假中一个多星期内赶完的，……赶完之后就给北新寄去。过了许久才接到小峰君十一月七日的信，说是因系两人所译，前后文不连贯，托石民君校阅，又说稿费在月底准可寄来。以后我一连写了几封信去催问，均未得到回信，……所以年假中就将底稿寻出，又改译了一遍。文气是重新顺了一遍（特别是后半部），错误及不妥的地方一共改了几十处，交岐山书局印行。稿子才交出不久，却接到小峰二月十九日的信，钱是寄来了，虽然被抹去一点零头，因为稿子并未退回，所以支票我也暂时存着，没有退去，以后小峰君又来信说，原书，译稿都可退还，叫我将支票交给袁家骅先生。我回信说已照办，并请将稿子退了回来。但如今，书和稿子，始终还没有见面！”

“这初次的译稿，我不敢一定说梅川君曾经见过，虽然我想梅川君有见到的可能。自然梅川君不一定会用我们底译文作蓝本来翻译，但是第一部的译文，句法神情都很相似的这一点，不免使我有一点怀疑。因为原来我们底初译是第一部比第二部流畅得多，同时梅川君的译文也是第一部比第二部好些，而彼此神似的又就是这九个断片。在未有更确切的证明时，我也不愿将抄袭这样的字眼，加于别人底头上，但我很希望对这点，梅川君能高兴给一个答复。假如一切真是我想错了呢，前边已经说过，这些话就作为我们就要出版的单行本并非抄袭的证明。”

文词虽然极婉委曲折之致，但主旨却很简单的，就是：我们的将出版的译本和你的已出版的译本，很相类似，而我曾将译稿寄给北新书局过，你有见到的可能，所以我疑心是你抄袭我们的，假如不然，那么“这些话就作为我们就要出版的单行本并非抄袭的证明”。

其实是，照原文的论法，则假如不然之后，就要成为“我们抄袭”你的了的，然而竟这么一来，化为神妙的“证明”了。但我并不想研究这些，仅要声明几句话，对于两方面——北新书局，尤其是小说月报社——声明几句话，因为这篇译稿，是由我送到小说月报社去的。

梅川君这部译稿，也是去年暑假时候交给我的，要我介绍出售，但我很怕做中人，就压下了。这样压着的稿件，现在还不少。直到十月，小说月报社拟出增刊，要我寄稿，我才记得起来，据日本二叶亭四迷的译本改了二三十处，和我译的《竖琴》一并送去了。另外有一部《红笑》在北新书局吃苦，我是一点都不知道的。至于梅川，他在离上海七八百里的乡下，那当然更不知道。

那么，他可有鹤西先生的译稿一到北新，便立刻去看的“可能”呢？我想，是不“能”的，因为他和北新中人一个不认识，倘跑进北新编辑部去翻稿件，那罪状是不止“抄袭”而已的。我却是“可能”的，不过我从去年春天以后，一趟也没有去过编辑部，这要请北新诸公谅察。

那么，为什么两本的好处有些相像呢？我虽然没有见过那一译本，也不知所据的是谁的英译，但想来，大约所据的是同一英译，而第二部也比第一部容易译，彼此三位的英文程度又相仿佛，所以去年是相像的，而鹤西先生们的译本至今未出，英文程度也大有进步了，改了一回，于是好处就多起来了。

因为鹤西先生的译本至今未出，所以也无从知道类似之度，究竟如何。倘仅有彼此神似之处，我以为那是因为同一原书的译本，并不足异的，正不必如此神经过敏，只因“疑心”，而竟想入非非，根据“世上偏就是这点奇怪，尽有是让人意想不到的事情”的理由，而先发制人，诬别人为“抄袭”，而且还要被诬者“给一个答复”，这真是“世上偏就是这点奇怪”了。

但倘若很是相同呢？则只要证明了梅川并无看见鹤西先生们的译稿的“可能”以后，即不用“世上偏就是这点奇怪”的论法，嫌疑也总要在后出这一本了。

北平的日报，我不寄去，梅川是决不会看见的。我就先说几句，俟印出时一并寄去。大约这也就够了，阿弥陀佛。

四月二十日。

写了上面这些话之后，又陆续看到《华北日报》副刊上《关于红笑》的文章，其中举了许多不通和误译之后，以这样的一段作结：

“此外或者还有些，但我想我们或许总要比梅川君错得少点，而且也较为通顺，好在是不是，我们底译稿不久自可以证明。”

那就是我先前的话都多说了。因为鹤西先生已在自己切实证明了他和梅川的两本之不同。他的较好，而“抄袭”都成了“不通”和错误的较坏，岂非奇谈？倘说是改掉的，那就是并非“抄袭”了。倘说鹤西译本原也是这样地“不通”和错误的，那不是许多刻薄话，都是“今日之我”在打“昨日之我”的嘴巴么？总之，一篇《关于红笑》的大文，只证明了焦躁的自己广告和参看先出译本，加以修正，而反诬别人为“抄袭”的苦心。这种手段，是中国翻译界的第一次。

四月二十四日，补记。

这一篇还未在《语丝》登出，就收到小说月报社的一封信，里面是剪下的《华北日报》副刊，就是那一篇鹤西先生的《关于红笑》。据说是北平寄来，给编辑先生的。我想，这大约就是作者所玩的把戏。倘使真的，盖未免恶辣一点；同一著作有几种译本，又何必如此惶惶上诉。但一面说别人不通，自己却通，别人错多，自己错少。而一面又要证明别人抄袭自己之作，则未免恶辣得可怜可笑。然而在我，乃又颇叹绍介译作之难于今为甚也。为刷清和报答起见，我确信我也有将这篇送给《小说月报》编辑先生，要求再在本书上发表的义务和权利，于是乎亦寄之。

五月八日。

通　讯（复张逢汉）

逢汉先生：

接到来信，我们很感谢先生的好意。

大约凡是译本，倘不标明“并无删节”或“正确的翻译”，或鼎鼎大名的专家所译的，欧美的本子也每不免有些节略或差异。译诗就更其难，因为要顾全音调和协韵，就总要加添或减去些原有的文字。世界语译本大约也如此，倘若译出来的还是诗的格式而非散文。但我们因为想介绍些名家所不屑道的东欧和北欧文学，而又少懂得原文的人，所以暂时只能用重译本，尤其是巴尔干诸小国的作品。原来的意思，实在不过是聊胜于无，且给读书界知道一点所谓文学家，世界上并不止几个受奖的泰戈尔和漂亮的曼殊斐儿之类。但倘有能从原文直接译出的稿子见寄，或加以指正，我们自然是十分愿意领受的。

这里有一件事很抱歉，就是我们所交易的印刷所里没有俄国字母，所以来信中的原文，只得省略，仅能将译文发出，以供读者的参考了。希见谅为幸。

鲁迅。六月二十五日，于上海。

【备考】

关于孙用先生的几首译诗

编者先生：

我从均风兄处借来《奔流》第九期一册，看见孙用先生自世界语译的莱芒托夫几首诗，我发觉有些处与原本不合。孙先生是由世界语转译的，想必经手许多，有几次是失掉了原文的精彩的。

孙先生第一首译诗《帆》原文是：（原文从略——编者。）

按着我的意思应当译为（曾刊登于《语丝》第五卷第三期）：

孤独发白的船帆，
在云雾中蔚蓝色的大海里……
他到很远的境域去寻找些什么？
他在故土里留弃着什么？
波涛汹涌，微风吼啸，
船桅杆怒愤着而发着噶吱吱的音调……
喂！他不寻找幸福。
也不是从幸福中走逃！
他底下是一行发亮光的苍色水流，
他顶上是太阳的金色的光芒；
可是他，反叛的，希求着巨风，
好像在巨风中有什么安宁！

第二首《天使》，孙先生译的有几处和我译的不同。（原文从略——编者。）我是这样的译：

夜半天使沿着天空飞翔，
寂静的歌曲他唱着；
月，星，和乌云一起很用心听那神的歌曲。
他歌着在天堂花园里树叶子的底上那无罪
灵魂的幸福，
他歌咏着伟大的上帝，
真实的赞美着他。
他抱拢了年青们的心灵，

为的是这悲苦和泪的世界；
歌曲的声音，留在青年人的灵魂里是
——没有只字，但却是活着。
为无边的奇怪的希望，
在这心灵，长久的于世界上不得安静，
人间苦闷的乐曲，
是不能够代替天上的歌声。

其余孙先生所译两首《我出来》和《三棵棕榈树》，可惜原本现时不在我手里。以后有工夫时可向俄国朋友处借看。我对孙先生的译诗，并不是来改正，乃本着真挚的心情，随便谈谈，请孙先生原谅！

此请

撰安。

张逢汉。一九二九，五，七，于哈尔滨灿星社。

《淑姿的信》序

夫嘉葩失荫，薄寒夺其芳菲，思士陵天，骄阳毁其羽翮。盖幽居一出，每仓皇于太空，坐驰无穷，终陨颠于实有也。爰有静女，长自山家，林泉陶其慧心，峰嶂隔兹尘俗，夜看朗月，觉天人之必圆，春撷繁花，谓芳馨之永住。虽生旧第，亦溅新流，既茁爱萌，遂通佳讯，排微波而径逝，矢坚石以偕行，向曼远之将来，构辉煌之好梦。然而年华春短，人海澜翻。远瞩所至，始见来日之大难，修眉渐颦，终敛当年之巧笑，衔深哀于不答，铸孤愤以成辞，远人焉居，长涂难即。何期忽逢二竖，遽释诸纷，闷绮颜于一棺，腐芳心于抔土。从此西楼良夜，凭槛无人，而中国韶年，乐生依旧。呜呼，亦可悲矣，不能久也。逝者如是，遗简廑存，则有生人，付之活字。文无雕饰，呈天真之纷纶，事具悲欢，露人生之鳞爪，既欢娱以善始，遂凄恻而令终。诚足以分追悼于有情，散余悲于无著者也。属为小引，愧乏长才，率缀芜词，聊陈涯略云尔。

一九三二年七月二十日，鲁迅撰。

选　本

今年秋天，在上海的日报上有一点可以算是关于文学的小小的辩论，就是为了一般的青年，应否去看《庄子》与《文选》以作文学上的修养之助。不过这类的辩论，照例是不会有结果的，往复几回之后，有一面一定拉出“动机论”来，不是说反对者“别有用心”，便是“哗众取宠”；客气一点，也就“彼亦一是非，此亦一是非”，而问题于是呜呼哀哉了。

但我因此又想到“选本”的势力。孔子究竟删过《诗》没有，我不能确说，但看它先“风”后“雅”而末“颂”，排得这么整齐，恐怕至少总也费过乐师的手脚，是中国现存的最古的诗选。由周至汉，社会情形太不同了，中间又受了《楚辞》的打击，晋宋文人如二陆束皙陶潜之流，虽然也做四言诗以支持场面，其实都不过是每句省去一字的五言诗，“王者之迹熄而《诗》亡”了。不过选者总是层出不穷的，至今尚存，影响也最广大者，我以为一部是《世说新语》，一部就是《文选》。

《世说新语》并没有说明是选的，好像刘义庆或他的门客所搜集，但检唐宋类书中所存裴启《语林》的遗文，往往和《世说新语》相同，可见它也是一部抄撮故书之作，正和《幽明录》一样。它的被清代学者所宝重，自然因为注中多有现今的逸书，但在一般读者，却还是为了本文，自唐迄今，拟作者不绝，甚至于自己兼加注解。袁宏道在野时要做官，做了官又大叫苦，便是中了这书的毒，误明为晋的缘故。有些清朝人却较为聪明，虽然辫发胡服，厚禄高官，他也一声不响，只在倩人写照的时候，在纸上改作斜领方巾，或芒鞋竹笠，聊过“世说”式瘾罢了。

《文选》的影响却更大。从曹宪至李善加五臣，音训注释书类之多，远非拟《世说新语》可比。那些烦难字面，如草头诸字，水旁山旁诸字，不断的被摘进历代的文章里面去，五四运动时虽受奚落，得“妖孽”之称，现在却又很有复辟的趋势了。而《古文观止》也一同渐渐的露了脸。

以《古文观止》和《文选》并称，初看好像是可笑的，但是，在文学上的影响，两者却一样的不可轻视。凡选本，往往能比所选各家的全集或选家自己的文集更流行，更有作用。

册数不多，而包罗诸作，固然也是一种原因，但还在近则由选者的名位，远则凭古人之威灵，读者想从一个有名的选家，窥见许多有名作家的作品。所以自汉至梁的作家的文集，并残本也仅存十余家，《昭明太子集》只剩一点辑本了，而《文选》却在的。读《古文辞类纂》者多，读《惜抱轩全集》的却少。凡是对于文术，自有主张的作家，他所赖以发表和流布自己的主张的手段，倒并不在作文心，文则，诗品，诗话，而在出选本。

选本可以借古人的文章，寓自己的意见。博览群籍，采其合于自己意见的为一集，一法也，如《文选》是。择取一书，删其不合于自己意见的为一新书，又一法也，如《唐人万首绝句选》是。如此，则读者虽读古人书，却得了选者之意，意见也就逐渐和选者接近，终于“就范”了。

读者的读选本，自以为是由此得了古人文笔的精华的，殊不知却被选者缩小了眼界。即以《文选》为例罢，没有嵇康《家诫》，使读者只觉得他是一个愤世嫉俗，好像无端活得不快活的怪人；不收陶潜《闲情赋》，掩去了他也是一个既取民间《子夜歌》意，而又拒以圣道的迂士。选本既经选者所滤过，就总只能吃他所给与的糟或醨。况且有时还加以批评，提醒了他之以为然，而默杀了他之以为不然处。纵使选者非常胡涂，如《儒林外史》所写的马二先生，游西湖漫无准备，须问路人，吃点心又不知选择，要每样都买一点，由此可见其衡文之毫无把握罢，然而他是处州人，一定要吃“处片”，又可见虽是马二先生，也自有其“处片”式的标准了。

评选的本子，影响于后来的文章的力量是不小的，恐怕还远在名家的专集之上，我想，这许是研究中国文学史的人们也该留意的罢。

十一月二十四日记。

附　录

《奔流》编校后记

一

创作自有他本身证明，翻译也有译者已经解释的。现在只将编后想到的另外的事，写上几句——

Iwan Turgenjew 早因为他的小说，为世所知，但论文甚少。这一篇《Hamlet und Don Quichotte》是极有名的，我们可以看见他怎样地观察人生。《Hamlet》中国已有译文，无须多说；《Don Quichotte》则只有林纾的文言译，名《魔侠传》，仅上半部，又是删节过的。近两年来，梅川君正在大发《Don Quixote》翻译热，但愿不远的将来，中国能够得到一部可看的译本，即使不得不略去其中的闲文也好。

《Don Quixote》的书虽然将近一千来页，事迹却很简单，就是他爱看侠士小说，因此发了游侠狂，硬要到各处去除邪惩恶，碰了种种钉子，闹了种种笑话，死了；临死才回复了他的故我。所以 Turgenjew 取毫无烦闷，专凭理想而勇往直前去做事的为“Don Quixote type”，来和一生瞑想，怀疑，以致什么事也不能做的 Hamlet 相对照。后来又有人和这专凭理想的“Don Quixoteism 式”相对，称看定现实，而勇往直前去做事的为“Marxism 式”。中国现在也有人嚷些什么“Don Quixote”了，但因为实在并没有看过这一部书，所以和实际是一点不对的。

《大旱的消失》是 Essay，作者的底细，我不知道，只知道是一九〇二年死的。Essay 本来不容易译，在此只想绍介一个格式。将来倘能得到这一类的文章，也还想登下去。

跛司珂（Vasco）族是古来住在西班牙和法兰西之间的 Py-renees 山脉两侧的大家视为世界之谜的人种。巴罗哈（Pio Barojay Nessi）就禀有这族的血液，以一八七二年十二月廿八日，生于靠近法境的圣舍跛斯丁市。原是医生，也做小说，两年后，便和他的哥哥 Ricardo 到马德里开面包店去了，一共开了六年。现在 Ricardo 是有名的画家；他是最独创底的作家，早和 Vicente Blasco Ibánez 并称现代西班牙文坛的巨擘。他的著作至今大约有四十种，多是长篇。这里的小品四篇，是从日本的《海外文学新选》第十三编《跛司珂牧歌调》内，永田宽定的译文重翻的；原名《Vida Sombrias》，因为所写的是跛司珂族的性情，所以仍用日译的题目。

今年一说起"近视眼看匾"来，似乎很有几个自命批评家郁郁不乐，又来大做其他的批评。为免去蒙冤起见，只好特替作者在此声明几句：这故事原是一种民间传说，作者取来编作"狂言"样子，还在前年的秋天，本豫备登在《波艇》上的。倘若其中仍有冒犯了批评家的处所，那实在是老百姓的眼睛也很亮，能看出共通的暗病的缘故，怪不得传述者的。

俄国的关于文艺的争执，曾有《苏俄的文艺论战》介绍过，这里的《苏俄的文艺政策》，实在可以看作那一部的续编。如果看过前一书，则看起这篇来便更为明了。序文上虽说立场有三派的不同，然而约减起来，不过是两派。即对于阶级文艺，一派偏重文艺，如瓦浪斯基等，一派偏重阶级，是《那巴斯图》的人们；Bukharin 们自然也主张支持劳动阶级作家的，但又以为最要紧的是要有创作。发言的人们之中，几个是委员，如 Voronsky，Bukharin，Iakovlev，Tro-tsky，Lunacharsky 等；也有"锻冶厂"一派，如 Pletni-jov；最多的是《那巴斯图》的人们，如 Vardin，Lelevitch，Averbach，Rodov，Besamensky 等，译载在《苏俄的文艺论战》里的一篇《文学与艺术》后面，都有署名在那里。

《那巴斯图》派的攻击，几乎集中于一个 Voronsky，《赤色新地》的编辑者；对于他的《作为生活认识的艺术》，Lelevitch 曾有一篇《作为生活组织的艺术》，引用布哈林的定义，以艺术为“感情的普遍化”的方法，并且指摘 Voronsky 的艺术论，乃是超阶级底的。这意思在评议会的论争上也可见。但到后来，藏原惟人在《现代俄国的批评文学》中说，他们两人之间的立场似乎有些接近了，Voronsky 承认了艺术的阶级性之重要，Lelevitch 的攻击也较先前稍为和缓了。现在是 Trotsky，Radek 都已放逐，Voronsky 大约也退职，状况也许又很不同了罢。

从这记录中，可以看见在劳动阶级文学大本营的俄国的文学的理论和实际，于现在的中国，恐怕是不为无益的。其中有几个空字，是原译本如此，因无别国译本，不敢妄补，倘有备着原书，通函见教，或指正其错误的，必当随时补正。

一九二八年六月五日，鲁迅。

二

Rudolf Lindau 的《幸福的摆》，全篇不过两章，因为纸数的关系，只能分登两期了，篇末有译者附记，以为“小说里有一种 Kosmopolitisch 的倾向，同时还有一种厌世的东洋色彩”，这是极确凿的。但作者究竟是德国人，所以也终于不脱日耳曼气，要绘图立说，来发明“幸福的摆”，自视为生路，而其实又是死因。我想，东洋思想的极致，是在不来发明这样的“摆”，不但不来，并且不想；不但不想到“幸福的摆”，并且连世间有所谓“摆”这一种劳什子也不想到。这是令人长寿平安，使国古老拖延的秘法。老聃作五千言，释迦有恒河沙数说，也还是东洋人中的“好事之徒”也。

奥国人 René Fueloep-Miller 的叙述苏俄状况的书，原名不知道是什么，英译本曰《The Mind and Face of Bol-shevism》，今年上海似乎到得很不少。那叙述，虽说是客观的，然而倒是指摘缺点的地方多，惟有插画二百余，则很可以供我们的参考，因为图画是人类共通的语言，很难由第三者从中作梗的。可惜有些“艺术家”，先前生吞“琵亚词侣”，活剥蕗谷虹儿，今年突变为“革命艺术家”，早又顺手将其中的几个作家撕碎了。这里翻印了两张，都是I.Annenkov所作的画像；关于这画像，著者这样说——“……其中主要的是画家Iuanii-Annenkov。他依照未来派艺术家的原则工作，且爱在一幅画上将各刹那并合于一件事物之中，但他设法寻出一个为这些原质的综合。他的画像即意在‘由一个人的传记里，抄出脸相的各种表现来。’俄国的批评家特别称许他的才能在于将细小微末的详细和画中的实物发生关连，而且将这些制成更加恳切地显露出来的性质。他并不区别有生和无生，对于他的题目的周围的各种琐事，他都看作全体生活的一部分。他爱一个人的所有物，这生命的一切细小的碎片；一个脸上的各个抓痕，各条皱纹，或一个赘疣，都自有它的意义的。”

那Maxim Gorky的画像，便是上文所讲的那些的好例证。他背向西欧的机械文明，面对东方，佛像表印度，磁器表中国，赤色的地方，旗上明写着——“R.S.F.S.R.”，当然是“俄罗斯苏维埃联邦社会主义共和国”了，但那颜色只有一点连到Gorky的脑上，也许是含有不满之意的罢——我想。这像是一九二〇年作，后三年，Gorky便往意大利去了，今年才大家嚷着他要回去。

N.Evreinov的画像又是一体，立方派的手法非常浓重的。Evreinov是俄国改革戏剧的三大人物之一，我记得画室先生译的《新俄的演剧和跳舞》里，曾略述他的主张。这几页“演剧杂感”，论人生应该以意志修改自然，虽然很豪迈，但也仍当看如何的改法，例如中国女性的修改其足，便不能和胡蝶结相提并论了。

这回登载了Gorky的一篇小说，一篇关于他的文章，一半还是由那一张画像所引起的，一半是因为他今年六十岁。

听说在他的本国，为他所开的庆祝会，是热闹极了；我原已译成了一篇昇曙梦的《最近的 Gorky》说得颇详细，但也还因为纸面关系，不能登载，且待下几期的余白罢。

一切事物，虽说以独创为贵，但中国既然是在世界上的一国，则受点别国的影响，即自然难免，似乎倒也无须如此娇嫩，因而脸红。单就文艺而言，我们实在还知道得太少，吸收得太少。然而一向迁延，现在单是绍介也来不及了。于是我们只好这样：旧的呢，等他五十岁，六十岁……大寿，生后百年阴寿，死后 N 年忌辰时候来讲；新的呢，待他得到诺贝尔奖金。但是还是来不及，倘是月刊，专做庆吊的机关也不够。那就只好挑几个于中国较熟悉，或者较有意义的来说说了。

生后一百年的大人物，在中国又较耳熟的，今年就有两个：Leov Tolstoy 和 Henrik Ibsen。Ibsen 的著作，因潘家洵先生的努力，中国知道的较多。本刊下期就想由语堂，达夫，梅川，我，译上几篇关于他的文章，如 H.Ellis，G.Brandes，E.Roberts，L.Aas，有岛武郎之作；并且加几幅图像，自年青的 Ibsen 起，直到他的死尸，算作一个纪念。

一九二八年七月四日，鲁迅。

三

前此时，偶然翻阅日本青木正儿的《支那文艺论丛》，看见在一篇《将胡适漩在中心的文学革命》里，有云——“民国七年（一九一八年）六月，《新青年》突然出了《易卜生号》。这是文学底革命军进攻旧剧的城的鸣镝。那阵势，是以胡将军的《易卜生主义》为先锋，胡适罗家伦共译的《娜拉》（至第三幕），陶履恭的《国民之敌》和吴弱男的《小爱友夫》（各第一幕）为中军，袁振英的《易卜生传》为殿军，勇壮地出阵。他们的进攻这城的行动，原是战斗的次序，非向这里不可的，但使他们至于如此迅速地成为奇兵底的原因，却似乎是这样——因为其时恰恰昆曲在北京突然盛行，所以就有对此叫出反抗之声的必要了。那真相，征之同丈的翌月号上钱玄同君之所说（《随感录》十八），漏着反抗底口吻，是明明白白的。……"

但何以大家偏要选出 Ibsen 来呢？如青木教授在后文所说，因为要建设西洋式的新剧，要高扬戏剧到真的文学底地位，要以白话来兴散文剧，还有，因为事已亟矣，便只好先以实例来刺戟天下读书人的直感：这自然都确当的。但我想，也还因为 Ibsen 敢于攻击社会，敢于独战多数，那时的绍介者，恐怕是颇有以孤军而被包围于旧垒中之感的罢，现在细看墓碣，还可以觉到悲凉，然而意气是壮盛的。

那时的此后虽然颇有些纸面上的纷争，但不久也就沉寂，戏剧还是那样旧，旧垒还是那样坚；当时的《时事新报》所斥为"新偶像"者，终于也并没有打动一点中国的旧家子的心。后三年，林纾将"Gengangere"译成小说模样，名曰《梅孽》——但书尾校者的按语，却偏说"此书曾由潘家洵先生编为戏剧，名曰《群鬼》"——从译者看来，Ibsen 的作意还不过是这样的——

"此书用意甚微：盖劝告少年，勿作浪游，身被隐疾，肾宫一败，生子必不永年。……余恐读者不解，故弁以数言。"

然而这还不算不幸。再后几年，则恰如 Ibsen 名成身退，向大众伸出和睦的手来一样，先前欣赏那汲 Ibsen 之流的剧本《终身大事》的英年，也多拜倒于《天女散花》，《黛玉葬花》的台下了。

不知是有意呢还是偶然，潘家洵先生的《Hedda Ga-bler》的译本，今年突然在《小说月报》上发表了，计算起来，距作者的诞生是一百年，距《易卜生号》的出版已经满十年。我们自然并不是要继《新青年》的遗踪，不过为追怀这曾经震动一时的巨人起见，也翻了几篇短文，聊算一个记念。因为是短文的杂集，系统是没有的。但也略有线索可言：第一篇可略知 Ibsen 的生平和著作；第二篇叙述得更详明；第三篇将他的后期重要著作，当作一大篇剧曲看，而作者自己是主人。第四篇是通叙他的性格，著作的琐屑的来由和在世界上的影响的，是只有他的老友 G.Brandes 才能写作的文字。第五篇则说他的剧本所以为英国所不解的缘故，其中有许多话，也可移赠中国的。可惜他的后期著作，惟 Brandes 略及数言，没有另外的详论，或者有岛武郎的一篇《卢勃克和伊里纳的后来》，可以稍弥缺憾的罢。这曾译载在本年一月的《小说月报》上，那意见，和 Brandes 的相同。

“人”第一，“艺术底工作”第一呢？这问题，是在力作一生之后，才会发生，也才能解答。独战到底，还是终于向大家伸出和睦之手来呢？这问题，是在战斗一生之后，才能发生，也才能解答。不幸 Ibsen 将后一问解答了，他于是尝到“胜者的悲哀”。

世间大约该还有从集团主义的观点，来批评 Ibsen 的论文罢，无奈我们现在手头没有这些，所以无从绍介。这种工作，以待“革命的知识阶级”及其“指导者”罢。

此外，还想将校正《文艺政策》时所想到的说几句：

托罗兹基是博学的，又以雄辩著名，所以他的演说，恰如狂涛，声势浩大，喷沫四飞。但那结末的豫想，其实是太过于理想底的——据我个人的意见。因为那问题的成立，几乎是并非提出而是袭来，不在将来而在当面。文艺应否受党的严紧的指导的问题，我们且不问；我觉得耐人寻味的，是在“那巴斯图”派因怕主义变质而主严，托罗兹基因文艺不能孤生而主宽的问题。许多言辞，其实不过是装饰的枝叶。这问题看去虽然简单，但倘以文艺为政治斗争的一翼的时候，是很不容易解决的。

一九二八年八月十一日，鲁迅。

四

有岛武郎是学农学的，但一面研究文艺，后来就专心从事文艺了。他的《著作集》，在生前便陆续辑印，《叛逆者》是第四辑，内收关于三个文艺家的研究；译印在这里的是第一篇。

以为中世纪在文化上，不能算黑暗和停滞，以为罗丹的出现，是再兴戈谛克的精神：都可以见作者的史识。当这第四辑初出时候，自己也曾翻译过，后来渐觉得作者的文体，移译颇难，又念中国留心艺术史的人还很少，印出来也无用，于是没有完工，放下了。这回金君却勇决地完成了这工作，是很不易得的事，就决计先在《奔流》上发表，顺次完成一本书。但因为对有许多难译的文句，先前也曾用过心，所以遇有自觉较妥的，便参酌了几处，出版期迫，不及商量，这是希望译者加以原宥的。

要讲罗丹的艺术，必须看罗丹的作品，——至少，是作品的影片。然而中国并没有这一种书。所知道的外国文书，图画尚多，定价较廉，在中国又容易入手的，有下列的二种——

《The Art of Rodin.》64 Reproductions. Introduction by Louis Weinberg.《Modern Library》第 41 本。95 cents net. 美国纽约 Boni and Liveright，Inc. 出版。《Rodin.》高村光太郎著。《Ars 美术丛书》第二十五编。特制本一圆八十钱，普及版一圆。日本东京 Ars 社出版。

罗丹的雕刻，虽曾震动了一时，但和中国却并不发生什么关系地过去了。后起的有 Ivan Mestrovic（一八八三年生），称为塞尔维亚的罗丹，则更进，而以太古底情热和酷烈的人间苦为特色的，曾见英国和日本，都有了影印的他的雕刻集。

最近，更有 Konenkov，称为俄罗斯的罗丹，但与罗丹所代表是西欧的有产者不同，而是东欧的劳动者。可惜在中国也不易得到资料，我只在昇曙梦编辑的《新露西亚美术大观》里见过一种木刻，是装饰全俄农工博览会内染织馆的《女工》。

一九二八年九月十五夜，鲁迅。

五

本月中因为有印刷局的罢工，这一本的印成，大约至少要比前四本迟十天了。

《她的故乡》是从北京寄来的，并一封信，其中有云：

“这篇小文是我在二年前，从《World's Classics》之‘Selected Modern English Essays’里无意中译出的，译后即搁在书堆下；前日在北海图书馆看到 W.H.Hudson 的集子十多大本，觉得很惊异。然而他的大著我仍然没有细读过，虽然知道他的著作有四种很著名。……

“作者的事情，想必已知？我是不知道，只能从那选本的名下，知他生于一八四一，死于一九二二而已。

“末了，还有一极其微小的事要问：《大旱之消失》的作者，《编校后记》上说是一九〇二年死的，然而我看《World's Classics》关于他的生死之注，是：1831—1913，这不知究竟怎样？”

W.H.Hudson 的事情，我也不知道。新近得到一本 G.Sampson 增补的 S.A.Brooke 所编《Primer of EngFlish Literature》，查起来，在第九章里，有下文那样的几句——

“Hudson 在《Far Away and Long Ago》中，讲了在南美洲的他的青年时代事，但于描写英国的鸟兽研究，以及和自然界最为亲近的农夫等，他也一样地精工。仿佛从丰饶的心中，直接溢出似的他的美妙而平易的文章，在同类中，最为杰出。《Green Mansions》，《The Naturalist in La Plata》，《The Purple Land》，《A Shepherd's Life》等，是在英文学中，各占其地位的。”

再查《蔷薇》的作者 P.Smith，没有见；White 却有的，在同章中的“后期维多利亚朝的小说家”条下，但只有这几句，就是——

“‘Mark Rutherford’（即 Wm.Hale White）的描写非国教主义者生活的阴郁的小说，是有古典之趣的文章，表露着英国人心的一面的。”

至于生卒之年，那是《World's Classics》上的对，我写后记时，所据的原也是这一本书，不知怎地却弄错了。

近来时或收到并不连接的期刊之类，其中往往有关于我个人或和我有关的刊物的文章，但说到《奔流》者很少。只看见两次。一，是说译著以个人的趣味为重，所以不行。这是真的。《奔流》决定底地没有这力量，会每月选定全世界上有世界的意义的文章，汇成一本，或者满印出有世界的意义的作品来。说到“趣味”，那是现在确已算一种罪名了，但无论人类底也罢，阶级底也罢，我还希望总有一日弛禁，讲文艺不必定要“没趣味”。又其一，是说《奔流》的“执事者都是知名的第一流人物”，“选稿也许是极严吧？而于著，译，也分得极为明白，不仅在《奔流》中目录，公布着作译等字样，即是在《北新》，《语丝》……以及一切旁的广告上，也是如此。”

但“汉君作的《一握泥土》，实实在在道道地地的的确确是‘道地’地从翻译而来的。……原文不必远求西版书，即在商务出版的《College English Reading》中就有。题目是：《A Handful of Clay》作者是 Henry Van Dyke。这种小错误，其实不必吹毛求疵般斤斤计较，不过《奔流》既然如此地分得明白，那末译而曰作，似乎颇有掠美之嫌，故敢代为宣布。此或可使主编《奔流》的先生，小心下一回耳。”

其实，《奔流》之在目录及一切广告上声明译作，倒是小心之过，因为恐怕爱读创作而买时未暇细看内容的读者，化了冤钱，价又不便宜，便定下这一种办法，竟不料又弄坏了。

但这回的译作不分，却因编者的“浅薄”，一向没有读过那一种“Reading”之类，也未见别的译文，投稿上不写原作者名，又不称译，便以为是做的，简直当创作看了，“掠美”的坏意思，自以为倒并没有的。不过无论如何小心，此后也难保再没有这样的或更大的错误，那只好等读者的指摘，检切要的在次一本中订正了。

顺便还要说几句别的话。诸位投稿者往往因为一时不得回信，给我指示，说编辑者应负怎样的责任。那固然是的。不过所谓奔流社的“执事者”，其实并无和这一种堂皇名号相副的大人物；就只有两三个人，来译，来做，来看，来编，来校，搜材料，寻图画，于是信件收送，便只好托北新书局代办。而那边人手又少，十来天送一次，加上本月中邮局的罢工积压，所以催促和训斥的信，好几封是和稿件同到的。无可补救。各种惠寄的文稿及信件，也因为忙，未能壹壹答复，这并非自恃被封为“知名的第一流人物”之故，乃是时光有限，又须谋生，若要周到，便没有了性命，也编不成《奔流》了。这些事，倘肯见谅，是颇望见谅的。因为也曾想过许多回，终于没有好方法，只能这样的了。

一九二八年十月二十六日，鲁迅。

六

编目的时候，开首的四篇诗就为难，因为三作而一译，真不知用怎样一个动词好。幸而看见桌上的墨，边上印着“曹素功监制”字样，便用了这“制”字，算是将“创作”和“翻译”都包括在内，含混过去了。此外，能分清的，还是分清。

这一本几乎是三篇译作的天下。中间夹着三首译诗，不过是充充配角的。而所以翻译的原因，又全是因为插画，那么，诗之不关重要，也就可想而知了。第一幅的作者 Arthur Rackham 是英国作插画颇有名的人，所作的有《Aesop's Fables》的图画等多种，这幅从《The Springtide of Life》里选出，原有彩色，我们的可惜没有了。诗的作者 Algernon Charles Swinburne（1837—1909）是维多利亚朝末期的诗人，世称他最受欧洲大陆的影响，但从我们亚洲人的眼睛看来，就是这一篇，也还是英国气满满的。

《跳蚤》的木刻者 R.Dufy 有时写作 Dufuy，是法国有名的画家，也擅长装饰；而这《禽虫吟》的一套木刻尤有名。

集的开首就有一篇诗赞美他的木刻的线的崇高和强有力；L.Pichon在《法国新的书籍图饰》中也说——

“……G.Apollinaire所著《Le Bestiaire au Cortége d'Orphée》的大的木刻，是令人极意称赞的。是美好的画因的丛画。作成各种殊别动物的相沿的表象。由它的体的分布和线的玄妙，以成最佳的装饰的全形。”

这书是千九百十一年，法国Deplanch出版；日本有堀口大学译本，名《动物诗集》，第一书房（东京）出版的，封余的译文，即从这本转译。

蕗谷虹儿的画，近一两年曾在中国突然造成好几个时行的书籍装饰画家；这一幅专用白描，而又简单，难以含胡，所以也不被模仿，看起来较为新鲜一些。

一九二八年十一月十八日，鲁迅。

七

生存八十二年，作文五十八年，今年将出全集九十三卷的托尔斯泰，即使将一本《奔流》都印了关于他的文献的目录，恐怕尚且印不下，更何况登载记念的文章。但只有这样的材力便只能做这样的事，所以虽然不过一本小小的期刊，也还是趁一九二八年还没有全完的时候，来作一回托尔斯泰诞生后百年的记念。

关于这十九世纪的俄国的巨人，中国前几年虽然也曾经有人介绍，今年又有人叱骂，然而他于中国的影响，其实也还是等于零。他的三部大著作中，《战争与和平》至今无人翻译；传记是只有Ch.Sarolea的书的文言译本和一小本很不完全的《托尔斯泰研究》。前几天因为要查几个字，自己和几个朋友走了许多外国书的书店，终竟寻不到一部横文的他的传记。关于他的著作，在中国是如此的。

说到行为，那是更不相干了。我们有开书店造洋房的革命文豪，没有分田给农夫的地主——因为这也是“浅薄的人道主义”；有软求“出版自由”的“著作家”兼店主，没有写信直斥皇帝的胡涂虫——因为这是没有用的，倒也并非怕危险。至于“无抵抗”呢，事实是有的，但并非由于主义，因事不同，因人不同，或打人的嘴巴，或将嘴巴给人打，倘以为会有俄国的许多“灵魂的战士”（Doukhobor）似的，宁死不当兵卒，那实是一种“杞忧”。

所以这回是意在介绍几篇外国人——真看过托尔斯泰的作品，明白那历史底背景的外国人——的文字，可以看看先前和现在，中国和外国，对于托尔斯泰的评价是怎样的不同。

但自然只能从几个译者所见到的书报中取材，并非说惟这几篇是现在世间的定论。

首先当然要推Gorky的《回忆杂记》，用极简洁的叙述，将托尔斯泰的真诚底和粉饰的两面，都活画出来，仿佛在我们面前站着，而作者Gorky的面目，亦复跃如。一面可以见文人之观察文人，一面可以见劳动出身者和农民思想者的隔膜之处。达夫先生曾经提出一个小疑问，是第十一节里有Nekassov这字，也许是错的，美国版的英书，往往有错误。我因为常见俄国文学史上有Nekrassov，便于付印时候改了，一面则寻访这书的英国印本，来资印证，但待到三校已完，而英国本终于得不到，所以只得暂时存疑，如果所添的“r”是不对的，那完全是编者的责任。

第一编通论托尔斯泰的一生和著作的，是我所见的一切中最简洁明了的文章，从日本井田孝平的译本《最新露西亚文学研究》重译；书名的英译是《Sketches for the HisFtory of Recent Russian Literature》，但不知全书可有译本。原本在一九二三年出版；著者先前是一个社会民主党员，屡被拘囚，终遭放逐，研究文学便是在狱中时的工作。一九〇九年回国，渐和政治离开，专做文笔劳动和文学讲义的事了。这书以Marxism为依据，但侧重文艺方面，所以对于托尔斯泰的思想，只说了“反对这极端底无抵抗主义而起的，是 Korolienko 和 Gorky，以及革命底俄国”这几句话。

从思想方面批评托尔斯泰，可以补前篇之不足的，是 A.Lunacharski 的讲演。作者在现代批评界地位之重要，已可以无须多说了。这一篇虽讲在五年之前，其目的多在和政敌“少数党”战斗，但在那里面，于非有产阶级底唯物主义（Marxism）和非有产阶级底精神主义（Tolstoism）的不同和相碍，以及 Tolstoism 的缺陷及何以有害于革命之点，说得非常分明，这才可以照见托尔斯泰，而且也照见那以托尔斯泰为“卑污的说教者”的中国创造社旧旗下的“文化批判”者。

Lvov—Rogachevski 以托尔斯泰比卢梭，Lunacharski 的演说里也这样。近来看见 Plekhanov 的一篇论文《Karl Marx 和 Leo Tolstoi》的附记里，却有云，“现今开始以托尔斯泰来比卢梭了，然而这样的比较，不过得到否定底的结论。卢梭是辩证论者（十八世纪少数的辩证论者之一人），而托尔斯泰则到死为止，是道地的形而上学者（十九世纪的典型底形而上学者的一人）。敢于将托尔斯泰和卢梭并列者，是没有读过那有名的《人类不平等起原论》或读而不懂的人所做的事。在俄国文献里，卢梭的辩证法底特质，在十二年前，已由札思律支弄明白了。”三位都是马克斯学者的批评家，我则不但“根本不懂唯物史观”，且未曾研究过卢梭和托尔斯泰的书，所以无从知道那一说对，但能附载于此，以供读者的参考罢了。

小泉八云在中国已经很有人知道，无须绍介了。他的三篇讲义，为日本学生而讲，所以在我们看去，也觉得很了然。其中含有一个很够研究的问题，是句子为一般人所不懂，是否可以算作好文学。倘使为大众所不懂而仍然算好，那么这文学也就决不是大众的东西了。托尔斯泰所论及的这一层，确是一种卓识。但是住在都市里的小资产阶级，实行是极难的，先要“到民间去”，用过一番苦功。否则便会像创造社的革命文学家一样，成仿吾刚大叫到劳动大众间去安慰指导他们（见本年《创造月刊》），而“诗人王独清教授”又来减价，只向“革命的印贴利更追亚”说话（见《我们》一号）。但过了半年，居然已经悟出，修善寺温泉浴场和半租界洋房中并无“劳动大众”，这是万分可“喜”的。

Maiski的讲演也是说给外国人听的，所以从历史说起，直到托尔斯泰作品的特征，非常明了。日本人的办事真敏捷，前月底已有一本《马克斯主义者之所见的托尔斯泰》出版，计言论九篇，但大抵是说他的哲学有妨革命，而技术却可推崇。这一篇的主意也一样，我想，自然也是依照“苏维埃艺术局”的纲领书的，所以做法纵使万殊，归趣却是一致。奖其技术，贬其思想，是一种从新估价运动，也是廓清运动。虽然似乎因此可以引出一个问题，是照此推论起来，技术的生命，长于内容，“为艺术的艺术”，于此得到苏甦的消息。然而这还不过是托尔斯泰诞生一百年后的托尔斯泰论。在这样的世界上，他本国竟以记念观念相反的托尔斯泰的盛典普示世界，以他的优良之点讲给外人，其实是十分寂寞的事。到了将来，自然还会有不同的言论的。

托尔斯泰晚年的出奔，原因很复杂，其中的一部，是家庭的纠纷。我们不必看别的记录，只要看《托尔斯泰自己的事情》一篇，便知道他的长子 L.L.Tolstoi 便是一个不满于父亲的亲母派。《回忆杂记》第二十七节说托尔斯泰喜欢盘问人家，如“你想我的儿子莱阿，是有才能的么？”的莱阿，便是他。末尾所记的 To the doctor he would say：“All my arrangements must be destroyed.”尤为奇特，且不易解。托尔斯泰死掉之前，他的夫人没有进屋里去，作者又没有说这是医生所传述，所以令人觉得很可疑怪的。

末一篇是没有什么大关系的，不过可以知道一点前年的 Iasnaia Poliana 的情形。

这回的插图，除卷面的一幅是他本国的印本，卷头的一幅从 J.Drinkwater 编的《The Outline of Literature》，他和夫人的一幅从

《Sphere》取来的之外，其余七幅，都是出于德人 Julius Hart 的《托尔斯泰论》和日本译的《托尔斯泰全集》里的。这全集共六十本，每本一图，倘使挑选起来，该可以得到很适宜的插画，可惜我只有六本，因此其中便不免有所迁就了。卷面的像上可以看见 Gorky 看得很以为奇的手；耕作的图是 Riepin 于一八九二年所作，颇为有名，本期的 Lvov—Rogachevski 和藏原惟人的文章里，就都提起它，还有一幅坐像，也是 Riepin 之作，也许将来可以补印。那一张谑画（Caricature），不知作者，我也看不大懂，大约是以为俄国的和平，维持只靠兵警，而托尔斯泰却在拆掉这局面罢。一张原稿，是可以印证他怎样有闲，怎样细致，和 Dostoievski 的请女速记者做小说怎样两路的：一张稿子上，改了一回，删了两回，临末只剩了八行半了。

至于记念日的情形，在他本国的，中国已有记事登在《无轨列车》上。日本是由日露艺术协会电贺全苏维埃对外文化联络协会；一面在东京读卖新闻社讲堂上开托尔斯泰记念讲演会，有 Maiski 的演说，有 Napron 女士的 Esenin 诗的朗吟。同时又有一个记念会，大约是意见和前者相反的人们所办的，仅看见《日露艺术》上有对于这会的攻击，不知其详。

欧洲的事情，仅有赵景深先生写给我一点消息——

“顷阅《伦敦麦考莱》十一月号，有这样几句话：‘托尔斯泰研究会安排了各种百年纪念的庆祝。十月末《黑暗的势力》和《教育之果》在艺术剧院上演。Anna Stannard 将《Anna Karenina》改编剧本，亦将于十一月六日下午三时在皇家剧院上演。同日下午八时 P.E.N. 会将为庆祝托尔斯泰聚餐，Galsworthy 亦在席云。’”

“又阅《纽约时报》十月七号的《书报评论》，有法国纪念托尔斯泰的消息。大意说，托尔斯泰游历欧洲时，不大到法国去，因为他是主张为人生的艺术的，所以不大欢喜法国的文学。他在法国文学中最佩服三个人，就是 Stendhal，Balzac 和 Flaubert。对于他们的后辈 Mau-passant，Mirbeau 等，也还称赞。法国认识托尔斯泰是很早的，一八八四年即有《战争与和平》的法译本，一八八五年又有《Anna Karenina》和《忏悔》的法译本，M.Bienstock 曾译过他的全集，可惜没有完。自从 Eugène Melchior de Vogüe 在一八八六年作了一部有名的《俄国小说论》，法国便普遍的知道托尔斯泰了。

今年各杂志上更大大的著论介绍，其中有 M.Rappoport 很反对托尔斯泰的无抵抗主义，说他是个梦想的社会主义者。但大致说来，对于他还都是很崇敬的，罗曼罗兰对他依旧很是忠心，与以前做《托尔斯泰传》时一样。”

在中国，有《文学周报》和《文化战线》，都曾为托尔斯泰出了记念号；十二月的《小说月报》上，有关于他的图画八幅和译著三篇。

一九二八年十二月二十三日，鲁迅记。

八

这一本校完之后，自己觉得并没有什么话非说不可。

单是，忽然想起，在中国的外人，译经书，子书的是有的，但很少有认真地将现在的文化生活——无论高低，总还是文化生活——绍介给世界。有些学者，还要在载籍里竭力寻出食人风俗的证据来。这一层，日本比中国幸福得多了，他们常有外客将日本的好的东西宣扬出去，一面又将外国的好的东西，循循善诱地输运进来。在英文学方面，小泉八云便是其一，他的讲义，是多么简要清楚，为学生们设想。中国的研究英文，并不比日本迟，所接触的，是英文书籍多，学校里的外国语，又十之八九是英语，然而关于英文学的这样讲义，却至今没有出现。现在登载它几篇，对于看看英文，而未曾留心到史底关系的青年，大约是很有意义的。

先前的北京大学里，教授俄，法文学的伊发尔（Ivanov）和铁捷克（Tretiakov）两位先生，我觉得却是善于诱掖的人，我们之有《苏俄的文艺论战》和《十二个》的直接译本而且是译得可靠的，就出于他们的指点之赐。现在是，不但俄文学系早被“正人君子”们所击散，连译书的青年也不知所往了。

大约是四五年前罢，伊发尔先生向我说过，“你们还在谈Sologub之类，以为新鲜，可是这些名字，从我们的耳朵听起来，好像已经是一百来年以前的名字了。”我深信这是真的，在变动，进展的地方，十年的确可以抵得我们的一世纪或者还要多。然而虽然对于这些旧作家，我们也还是不过“谈谈”，他的作品的译本，终于只有几篇短篇，那比较长些的有名的《小鬼》，至今并没有出版。

这有名的《小鬼》的作者梭罗古勃，就于去年在列宁格勒去世了，活了六十五岁。十月革命时，许多文人都往外国跑，他却并不走，但也没有著作，那自然，他是出名的“死的赞美者”，在那样的时代和环境里，当然做不出东西来的，做了也从无发表。这回译载了他的一篇短篇——也许先前有人译过的——并非说这是他的代表作，不过借此作一点记念。那所描写，我想，凡是不知道集团主义的饥饿者，恐怕多数是这样的心情。

一九二九年一月十八日，鲁迅。

九

这算是第一卷的末一本了，此后便是第二卷的开头。别的期刊不敢妄揣，但在《奔流》，却不过是印了十本，并无社会上所珍重的“夏历”过年一样，有必须大放爆竹的神秘的玄机。惟使内容有一点小小的结束，以便读者购阅的或停或续的意思，却是有的。然而现在还有《炸弹和征鸟》未曾完结，不过这是在重要的时代，涉及广大的地域，描写多种状况的长篇，登在期刊上需要一年半载，也正是必然之势，况且每期所登也必有两三章，大概在大度的读者是一定很能够谅解的罢。

其次，最初的计划，是想，倘若登载将来要印成单行本的译作，便须全部在这里发表，免得读者再去买一本一部份曾经看过的书籍。但因为译作者的生活关系，这计划恐怕办不到了，纵有匿名的“批评家”以先在期刊上横横直直发表而后来集印成书为罪状，也没有法子。确是全部登完了的只有两种；一是《叛逆者》，一是《文艺政策》。

《叛逆者》本文三篇，是有岛武郎最精心结撰的短论文，一对于雕刻，二对于诗，三对于画；附录一篇，是译者所作；插画二十种，则是编者加上去的，原本中并没有。《文艺政策》原译本是这样完结了，但又见过另外几篇关于文艺政策的文章，倘再译了出来，一切大约就可以知道得更清楚。此刻正在想：再来添一个附录，如何呢？但一时还没有怎样的决定。

《文艺政策》另有画室先生的译本，去年就出版了。听说照例的创造社革命文学诸公又在“批判”，有的说鲁迅译这书是不甘“落伍”，有的说画室居然捷足先登。其实我译这书，倒并非救“落”，也不在争先，倘若译一部书便免于“落伍”，那么，先驱倒也是轻松的玩意。我的翻译这书不过是使大家看看各种议论，可以和中国的新的批评家的批评和主张相比较。与翻刻王羲之真迹，给人们可以和自称王派的草书来比一比，免得胡里胡涂的意思，是相仿佛的，借此也到“修善寺”温泉去洗澡，实非所望也。

又其次，是原想每期按二十日出版，没有迟误的，但竟延误了一个月。近时得到几位爱读者的来信，责以迟延，勉以努力。我们也何尝不想这样办；不过一者其中有三回增刊，共加添二百页，即等于十个月内，出了十一本的平常刊；二者这十个月中，是印刷局的两次停工和举国同珍的一回“夏历”岁首，对于这些大事，几个《奔流》同人除跳黄浦江之外，是什么办法也没有的。譬如要办上海居民所最爱看的“大出丧”，本来算不得乌托邦的空想，但若脚色都回家拜岁去了，就必然底地出不出来。所以，据去年一年所积的经验，是觉得“凡例”上所说的“倘无意外障碍，定于每月中旬出版”的上一句的分量，实在着重起来了。

孙用先生寄来译诗之后，又寄一篇作者《Lermontov小记》来。可惜那时第九本已经印好，不及添上了，现在补录在这里——

“密哈尔·古列维支·莱芒托夫（Mikhail Gurievitch Lermontov）在一八一四年十月十五日生于莫斯科，死于一八四一年七月廿七日。是一个俄国的诗人及小说家，被称为‘高加索的诗人’的，他曾有两次被流放于高加索（一八三七，一八四〇），也在那儿因决斗而死。他的最有名的著作是小说《我们的时代的英雄》和诗歌《俄皇伊凡·华西里维支之歌》，《Ismail—Bey》及《魔鬼》等。”

韦素园先生有一封信，有几处是关于Gorky的《托尔斯泰回忆杂记》的，也摘录于下——

“读《奔流》七号上达夫先生译文，所记有两个疑点，现从城里要来一本原文的Gorky回忆托尔斯泰，解答如下：

1.《托尔斯泰回忆记》第十一节Nekassov确为Nek-rassov之误。涅克拉梭夫是俄国十九世纪有名的国民诗人。

2.‘Volga宣教者’的Volga是河名，中国地理书上通译为涡瓦河，在俄国农民多呼之为‘亲爱的母亲’，有人译为‘卑死的说教者’，当系错误。不过此处，据Gorky《回忆杂记》第三十二节原文似应译为‘涡瓦河流域’方合，因为这里并不只Volga一个字，却在前面有一前置词（za）故也。

以上系根据彼得堡一九一九年格尔热宾出版部所印行的本子作答的，当不致有大误。不过我看信比杂记写得还要好。”

说到那一封信，我的运动达夫先生一并译出，实在也不只一次了。有几回，是诱以甘言，说快点译出来，可以好好的合印一本书，上加好看的图像；有一回，是特地将读者称赞译文的来信寄去，给看看读书界的期望是怎样地热心。见面时候谈起来，倒也并不如那跋文所说，暂且不译了，但至今似乎也终于没有动手，这真是无可如何。现在索性将这情形公表出来，算是又一回猛烈的“恶毒”的催逼。

一九二九年三月二十五日，鲁迅。

十

E.Dowden的关于法国的文学批评的简明扼要的论文，在这一本里已经终结了，我相信于读者会有许多用处，并且连类来看英国的批评家对于批评的批评。

这回译了一篇野口米次郎的《爱尔兰文学之回顾》，以译文而论，自然简直是续貂。但也很简明扼要，于爱尔兰文学运动的来因去果，是说得了了分明的；中国前几年，于Yeats，Synge等人的事情和作品，曾经屡有绍介了，现在有这一篇，也许更可以帮助一点理解罢。

但作者是诗人，所以那文中有许多诗底的辞句，是无须赘说的。只有一端，当翻译完毕时，还想添几句话。那就是作者的“无论那一国的文学，都必须知道古代的文化和天才，和近代的时代精神有怎样的关系，而从这处所，来培养真生命的”的主张。这自然也并非作者一人的话，在最近，虽是最革命底国度里，也有搬出古典文章来之势，编印托尔斯泰全集还是小事，如Trotsky，且明说可以读Dante和Pushkin，Lunacharski则以为古代一民族兴起时代的文艺，胜于近来十九世纪末的文艺。但我想，这是并非中国复古的两派——遗老的神往唐虞，遗少的归心元代——所能引为口实的——那两派的思想，虽然和Trotsky等截然不同，但觉得于自己有利时，我可以保证他们也要引为口实。现在的幻想中的唐虞，那无为而治之世，不能回去的乌托邦，那确实性，比到“阴间”去还稀少；至于元，那时东取中国，西侵欧洲，武力自然是雄大的，但他是蒙古人，倘以这为中国的光荣，则现在也可以归降英国，而自以为本国的国旗——但不是五色的——“遍于日所出入处”了。

要之，倘若先前并无可以师法的东西，就只好自己来开创。拉旧来帮新，结果往往只差一个名目，拖《红楼梦》来附会十九世纪式的恋爱，所造成的还是宝玉，不过他的姓名是“少年威德”，说《水浒传》里有革命精神，因风而起者便不免是涂面剪径的假李逵——但他的雅号也许却叫作“突变”。

卷末的一篇虽然不过是对于 Douglas Percy Bliss 的《A History of Wood-Engraving》的批评，但因为可以知道那一本书——欧洲木刻经过的大略，所以特地登载了。本卷第一，二两册上，还附有木刻的插图，作为参考；以后也许还要附载，以见各派的作风。我的私见，以为在印刷术未曾发达的中国，美术家倘能兼作木刻，是颇为切要的，因为容易印刷而不至于很失真，因此流布也能较广远，可以不再如巨幅或长卷，固定一处，仅供几人的鉴赏了。又，如果刻印章的人，以铁笔兼刻绘画，大概总也能够开一新生面的。

但虽是翻印木刻，中国现在的制版术和印刷术，也还是不行，偶而看看，倒也罢了，如要认真研究起来，则几张翻印的插图，真是贫窭到不足靠，归根结蒂，又只好说到去看别国的书了。Bliss 的书，探究历史是好的，倘看作品，却不合宜，因为其中较少近代的作品。为有志于木刻的人们起见，另举两种较为相宜的书在下面——

《The Modern Woodcut》by Herbert Furst, pubFlished by John Lane, London.42s.1924.

《The Woodcut of Today at Home and Abroad》, commentary by M.C. Talaman, pubFlished by The Studio Ltd., London.7s.6d.1927.

上一种太贵；下一种原是较为便宜，可惜今年已经卖完，旧本增价到 21s. 了。但倘若随时留心着欧美书籍广告，大概总有时可以遇见新出的相宜的本子。

一九二九年五月十日，鲁迅。

十一

A.Mickiewicz（1798—1855）是波兰在异族压迫之下的时代的诗人，所鼓吹的是复仇，所希求的是解放，在二三十年前，是很足以招致中国青年的共鸣的。我曾在《摩罗诗力说》里，讲过他的生涯和著作，后来收在论文集《坟》中；记得《小说月报》很注意于被压迫民族的文学的时候，也曾有所论述，但我手头没有旧报，说不出在那一卷那一期了。最近，则在《奔流》本卷第一本上，登过他的两篇诗。但这回绍介的主意，倒在巴黎新成的雕像；《青春的赞颂》一篇，也是从法文重译的。

I.Matsa是匈牙利的出亡在外的革命者，现在以科学底社会主义的手法，来解剖西欧现代的艺术，著成一部有名的书，曰《现代欧洲的艺术》。这《艺术及文学的诸流派》便是其中的一篇，将各国的文艺，在综合底把握之内，加以检查。篇页也并不多，本应该一期登毕，但因为后半篇有一幅图表，一时来不及制版，所以只好分为两期了。

这篇里所举的新流派，在欧洲虽然多已成为陈迹，但在中国，有的却不过徒闻其名，有的则连名目也未经介绍。在这里登载这一篇评论，似乎颇有太早，或过时之嫌。但我以为是极有意义的。这是一种豫先的消毒，可以“打发”掉只偷一些新名目，以自夸耀，而其实毫无实际的“文豪”。因为其中所举的各主义，倘不用科学之光照破，则可借以藏拙者还是不少的。

Lunacharski说过，文艺上的各种古怪主义，是发生于楼顶房上的文艺家，而旺盛于贩卖商人和好奇的富翁的。那些创作者，说得好，是自信很强的不遇的才人，说得坏，是骗子。但此说嵌在中国，却只能合得一半，因为我们能听到某人在提倡某主义——如成仿吾之大谈表现主义，高长虹之以未来派自居之类——而从未见某主义的一篇作品，大吹大擂地挂起招牌来，孪生了开张和倒闭，所以欧洲的文艺史潮，在中国毫未开演，而又像已经一一演过了。

得到汉口来的一封信，是这样写着的：

“昨天接到北新寄来的《奔流》二卷二期，我于匆匆流览了三幅插画之后，便去读《编辑后记》——这是我的老脾气。在这里面有一句话使我很为奋兴，那便是：‘……又，如果刻印章的人，以铁笔兼刻绘画，大概总也能够开一新生面的。’我在学校的最后一年和离校后的失业时期颇曾学过刻印，虽然现在已有大半年不亲此道了。其间因偶然尝试，曾刻过几颗绘画的印子，但是后来觉得于绘画没有修养，很少成功之望，便不曾继续努力。不过所刻的这几颗印子，却很想找机会在什么地方发表一下。因此曾寄去给编《美育》的李金髮先生，然而没有回音。第二期《美育》又增了价，要二元一本，不知里面有否刊登。此外亦曾寄到要出画报的汉口某日报去，但是画报没有出，自然更是石沉大海了。倒是有一家小报很承他们赞赏，然而据说所刻的人物大半是‘俄国人’，不妥，劝我刻几个党国要人的面像；可恨我根本就不曾想要刻要人们的尊容。碰了三次壁，我只好把这几枚印子塞到箱子底里去了。现在见到了你这句话，怎不令我奋兴呢？兹特冒盛暑在蒸笼般的卧室中找出这颗印子钤奉一阅。如不笑其拙劣，能在《奔流》刊登，则不胜大欢喜也。

谨上。七月十八日。”

从远远的汉口来了这样的一个响应，对于寂寞的我们，自然也给以很可感谢的兴奋的。《美育》第二期我只在日报上见过目录，不记得有这一项。至于憾不刻要人的小报，则大约误以版画家为照相店了，只有照相店是专挂要人的放大像片的，现在隐然有取以相比之意，所以也恐怕并非真赏。不过这次可还要碰第四次的壁的罢。《奔流》版心太大而图版小，所以还是不相宜，或者就寄到《朝华旬刊》去。但希望刻者告诉我一个易于认识的名字。

还有，《子见南子》在山东曲阜第二师范学校排演，引起了一场“圣裔”控告，名人震怒的风潮。曾经搜集了一些公文之类，想作一个附录来发表，但这回为了页数的限制，已经不能排入，只好等别的机会或别的处所了。这或者就寄到《语丝》去。

读者诸君，再见罢。

鲁迅。八月十一日。

十二

豫计这一本的出版，和第四本当有整三个月的距离，读者也许要觉得生疏了。这迟延的原因，其一，据出版所之说，是收不回成本来，那么，这责任只好归给各地贩卖店的乾没……。但现在总算得了一笔款，所以就尽其所有，来出一本译文的增刊。

增刊偏都是译文，也并无什么深意，不过因为所有的稿件，偏是译文多，整理起来，容易成一个样子。去年挂着革命文学大旗的“青年”名人，今年已很有些化为“小记者”，有一个在小报上鸣不平道：“据书业中人说，今年创作的书不行了，翻译的而且是社会科学的那才好销。上海一般专靠卖小说吃饭的大小文学家那才倒霉呢！如果这样下去，文学家便非另改行业不可了。小记者的推测，将来上海的文学家怕只留着一班翻译家了。”这其实只在说明“革命文学家”之所以化为“小记者”的原因。倘若只留着一班翻译家，——认真的翻译家，中国的文坛还不算堕落。但《奔流》如果能出下去，还是要登创作的，别一小报说：“白薇女士近作之《炸弹与征鸟》，连刊《奔流》二卷各期中，近闻北新书局即拟排印单行本发卖，自二卷五期起，停止续刊。”编者却其实还没有听见这样的新闻，也并未奉到北新书局饬即“停止续刊”的命令。

对于这一本的内容，编者也没有什么话可说，因为世界上一切文学的好坏，即使是“鸟瞰”，恐怕现在只有“赵景深氏”知道。况且译者在篇末大抵附有按语，便无须编者来多谈。但就大体而言，全本是并无一致的线索的，首先是五个作家的像，评传，和作品，或先有作品而添译一篇传，或有了评传而搜求一篇文或诗。这些登载以后，便将陆续积存，以为可以绍介的译文，选登几篇在下面，到本子颇有些厚了才罢。

收到第一篇《彼得斐行状》时，很引起我青年时的回忆，因为他是我那时所敬仰的诗人。在满洲政府之下的人，共鸣于反抗俄皇的英雄，也是自然的事。但他其实是一个爱国诗人，译者大约因为爱他，便不免有些掩护，将“nation”译作“民众”，我以为那是不必的。他生于那时，当然没有现代的见解，取长弃短，只要那“斗志”能鼓动青年战士的心，就尽够了。

绍介彼得斐最早的，有半篇译文叫《裴彖飞诗论》，登在二十多年前在日本东京出版的杂志《河南》上，现在大概是消失了。其次，是我的《摩罗诗力说》里也曾说及，后来收在《坟》里面。一直后来，则《沉钟》月刊上有冯至先生的论文；《语丝》上有 L.S. 的译诗，和这里的诗有两篇相重复。近来孙用先生译了一篇叙事诗《勇敢的约翰》，是十分用力的工作，可惜有一百页之多，《奔流》为篇幅所限，竟容不下，只好另出单行本子了。

契诃夫要算在中国最为大家所熟识的文人之一，他开手创作，距今已五十年，死了也满二十五年了。日本曾为他开过创作五十年纪念会，俄国也出了一本小册子，为他死后二十五年纪念，这里的插画，便是其中的一张。我就译了一篇觉得很平允的论文，接着是他的两篇创作。《爱》是评论中所提及的，可作参考，倘再有《草原》和《谷间》，就更好了，然而都太长，只得作罢。《熊》这剧本，是从日本米川正夫译的《契诃夫戏曲全集》里译出的，也有曹靖华先生的译本，名《蠢货》，在《未名丛刊》中。俄国称蠢人为“熊”，盖和中国之称“笨牛”相类。曹译语气简捷，这译本却较曲折，互相对照，各取所长，恐怕于扮演时是很有用处的。米川的译本有关于这一篇的解题，译载于下——

“一八八八年冬，契诃夫在墨斯科的珂尔修剧场，看法国喜剧的翻案《对胜利者无裁判》的时候，心折于扮演粗暴的女性征服者这脚色的演员梭罗孚卓夫的本领，便觉到一种诱惑，要给他写出相像的脚色来。于是一任如流的创作力的动弹，乘兴而真是在一夜中写成的，便是这轻妙无比的《熊》一篇。不久，这喜剧便在珂尔修剧场的舞台上，由梭罗孚卓夫之手开演了，果然得到非常的成功。为了作这成功的记念，契诃夫便将这作品（的印本上，题了）献给梭罗孚卓夫。”

J.Abo 是芬兰的一个幽婉凄艳的作家，生长于严酷的天然物的环境中，后来是受了些法国文学的影响。《域外小说集》中曾介绍过一篇他的小说《先驱者》，写一对小夫妇，怀着希望去开辟荒林，而不能战胜天然之力，终于灭亡。如这一篇中的艺术家，感得天然之美而无力表现，正是同一意思。

Aho 之前的作家 Pahivahrinta 的《人生图录》（有德译本在《Reclam's Universal Bibliothek》中），也有一篇写一个人因为失恋而默默地颓唐到老，至于作一种特别的跳舞供人玩笑，来换取一杯酒，待到他和旅客（作者）说明原因之后，就死掉了。这一种 Type，大约芬兰是常有的。那和天然的环境的相关，看 F.Poppenberg 的一篇《阿河的艺术》就明白。这是很好的论文，虽然所讲的偏重在一个人的一部书，然而芬兰自然的全景和文艺思潮的一角，都描写出来了。

达夫先生译这篇时，当面和通信里，都有些不平，连在本文的附记上，也还留着“怨声载道”的痕迹，这苦楚我很明白，也很抱歉的，因为当初原想自己来译，后来觉得麻烦，便推给他了，一面也豫料他会“好，好，可以，可以”的担当去。

虽然这种方法，很像“革命文学家”的自己浸在温泉里，却叫别人去革命一样，然而……倘若还要做几天编辑，这些“政策”，且留着不说破它罢。

Kogan 教授的关于 Gorky 的短文，也是很简要的；所说的他的作品内容的出发点和变迁，大约十分中肯。早年所作的《鹰之歌》有韦素园先生的翻译，收在《未名丛刊》之一的《黄花集》中。这里的信却是近作，可以看见他的坦白和天真，也还很盛气。“机械的市民”其实也是坦白的人们，会照他心里所想的说出，并不涂改招牌，来做“狮子身中虫”。

若在中国，则一派握定政权以后，谁还来明白地唠叨自己的不满。眼前的例，就如张勋在时，盛极一时的“遗老”“遗少”气味，现在表面上已经销声匿迹；《醒狮》之流，也只要打倒“共产党”和“共产党的走狗”，而遥向首都虔诚地进“忠告”了。至于革命文学指导者成仿吾先生之逍遥于巴黎，“左翼文艺家”蒋光 Y 先生之养疴于日本（or 青岛？），盖犹其小焉者耳。

V.Lidin 只是一位“同路人”，经历是平常的，如他的自传。别的作品，我曾译过一篇《竖琴》，载在去年一月的《小说月报》上。

东欧的文艺经七手八脚弄得糊七八遭了之际，北欧的文艺恐怕先要使读书界觉得新鲜，在事实上，也渐渐看见了作品的绍介和翻译，虽然因为近年诺贝尔奖金屡为北欧作者所得，于是不胜佩服之至，也是一种原因。这里绍介丹麦思潮的是极简要的一篇，并译了两个作家的作品，以供参考，别的作者，我们现在还寻不到可作标本的文章。但因为篇中所讲的是限于最近的作家，所以出现较早的如 Jacobsen，Bang 等，都没有提及。他们变迁得太快，我们知道得太迟，因此世界上许多文艺家，在我们这里还没有提起他的姓名的时候，他们却早已在他们那里死掉了。

跋佐夫在《小说月报》上，还是由今年不准提起姓名的茅盾先生所编辑的时候，已经绍介过；巴尔干诸国作家之中，恐怕要算中国最为熟识的人了，这里便不多赘。确木努易的小品，是从《新兴文学全集》第二十五本中横泽芳人的译本重译的，作者的生平不知道，查去年出版的 V.Lidin 所编的《文学的俄国》，也不见他的姓名，这篇上注着“遗稿”，也许是一个新作家，而不幸又早死的罢。

末两篇不过是本卷前几本中未完译文的续稿。最后一篇的下半，已在《文艺与批评》中印出，本来可以不必再印，但对于读者，这里也得有一个结束，所以仍然附上了。《文艺政策》的附录，原定四篇，中二篇是同作者的《苏维埃国家与艺术》和《关于科学底文艺批评之任务的提要》，也已译载《文艺与批评》中；末一篇是 Maisky 的《文化，文学和党》，现在关于这类理论的文籍，译本已有五六种，推演起来，大略已不难揣知，所以拟不再译，即使再译，也将作为独立的一篇，这《文艺政策》的附录，就算即此完结了。

一九二九年十一月二十日，鲁迅。